Raimund Eich

In Trümmern versunken

Raimund Eich, Jahrgang 1950, lebt im Saarland.

Neben zwei Tatsachenromanen sowie einigen Büchern mit heiteren und besinnlichen Gedichten und Geschichten hat er einige Werke veröffentlicht, in denen er sich insbesondere mit gesellschaftlichen und geisteswissenschaftlichen Themen befasst. Hierin lässt er auch naturwissenschaftliche und technische Aspekte in sehr anschaulicher Form mit einfließen. Daraus resultieren einzigartige Bücher, spannend, dramatisch, informativ und unterhaltsam zugleich.

Raimund Eich

In Trümmern versunken

spirituelle Fantasie

Bibliografische Information der Deutschen Nationalbibliothek: Die Deutsche Nationalbibliothek verzeichnet diese Publikation in der Deutschen Nationalbibliografie; detaillierte bibliografische Daten sind im Internet über http://dnb.dnb.de abrufbar.

© 2019 Raimund Eich

Herstellung und Verlag: BoD – Books on Demand, Norderstedt

ISBN: 978-3-7494-9795-9

Inhaltsverzeichnis

Vorwort

Gehören Sie auch zu den Menschen, die bei der Ankündigung eines Weltuntergangs allenfalls ein bisschen schmunzeln und gleich wieder zur Tagesordnung übergehen? Meinen ersten Weltuntergang, der sogar in einem Lied besungen wurde, habe ich in den Fünfziger Jahren erlebt. Das Lied „Am 30. Mai ist der Weltuntergang" wurde ein echter Hit und war im Radio sehr oft zu hören. Den eingängigen Refrain könnte ich heute noch singen, weil zum Glück aus dieser Ankündigung nichts wurde, obwohl ich als kleiner Junge durchaus sehr gespannt darauf war, was bei so einem Weltuntergang alles passieren würde.

Schon viele Jahrhunderte gibt es immer wieder derartige Ankündigungen. In den Reihen der Weltuntergangspropheten finden sich namhafte Persönlichkeiten wie Martin Luther oder Charles Taze Russel, den Gründer der Zeugen Jehovas, die sich allerdings gleich mehrfach im Untergangsdatum irrten. Auch aus einer Ankündigung für den 21. Dezember 2012, die man den Maya zuschreibt, wurde bekanntlich nichts.

Warum sich also ernsthaft Gedanken über ein derartiges Szenario machen, denken sicherlich die meisten Bewohner unseres Heimatplaneten. Dass die Erde nicht ewig existieren wird, darüber besteht sicherlich kein Zweifel. Auch wenn über den genauen Zeitpunkt ihres unausweichlichen Untergangs selbst namhafte Forscher uneins sind, liegt dieser mit ein paar Milliarden Jahren jedenfalls aus heutiger Sicht in mehr als weiter Ferne. Ein relativ vages Haltbarkeitsdatum, aber sicherlich noch lange kein Grund zur Besorgnis, oder ...?

Doch gibt es Botschaften aus verschiedenen spirituellen Quellen, die zwar keinen kompletten Weltuntergang in Form einer Auslöschung von Mutter Erde prognostizieren, die aber von gewaltigen Zerstörungen und Veränderungen auf unserem Heimatplaneten in einem aus heutiger Sicht offenbar überschaubaren Zeitraum ausgehen, ohne jedoch ein konkretes Datum dafür zu nennen. Was mich dabei sehr nachdenklich gestimmt und zum Schreiben dieser Geschichte inspiriert hat, sind die Gründe, die dort für ein derartiges Szenario genannt werden. Auf die entsprechenden Literaturquellen werde ich an anderer Stelle in diesem Buch nochmals zurückkommen.

Doch lassen Sie sich bitte zunächst von einer außergewöhnlichen Geschichte mit spirituellem Hintergrund in eine andere Welt entführen. Dazu wünsche ich Ihnen nicht nur eine unterhaltsame und spannende, sondern auch eine zum Nachdenken anregende Lektüre.

Raimund Eich

Die handelnden Personen

Dies ist eine fiktive Geschichte. Alle Namen sind frei erfunden. Ähnlichkeiten mit Lebenden oder Verstorbenen sind unbeabsichtigt und wären rein zufällig!

Rayko & seine Frau Rosa

ihre Kinder Becca, Ronald und Mela

ihre Schwiegertochter Anne und die Schwiegersöhne Steffen und Mark

ihre Enkel Levi, Leon und Vincent

die Kater Rocky, Henry und Hund Charly

ihre Freunde Kathrin & Frank sowie Eckhard

Gandolf, ein Geistführer

Lilith & Bodo, Rosas und Raykos Schutzgeister

Buck & seine Frau Glinda

ihre Tochter Mandy

ihre Enkel Mason und Jordan

Jonathan & Eliza Baker, ein amisches Farmer-Ehepaar

Ronalds Freunde Giovanni und Osman

Giovannis Frau Sarah sowie deren Söhne Daciano, Graziano und Julio

Osmans Frau Halise mit Tochter Canset und Sohn Akin

Arthur Malbourg, ein wohlhabender und machtbesessener Unternehmer

Christof Stern, Entwicklungshelfer und Malbourgs Gegner

Kapitel 1: Trappist 1 f

Rosa schlief noch fest, als Rayko das Schlafzimmer auf Zehenspitzen verließ, um sie nicht zu stören. Leise trat er hinaus auf die Terrasse, gefolgt von Charly, dem rumänischen Straßenhund, den sie vor ein paar Jahren bei sich aufgenommen hatten, und der sich jetzt dicht neben ihm ablegte. Seinen Blick richtete Rayko wie immer zuerst zum Himmel, auf die Goldsonne, die er so nannte, weil er keinen anderen Namen für sie wusste. Sie war nicht so gleißend hell wie die richtige Sonne, um die ihr Heimatplanet Erde kreiste. Während diese bei Sonnenauf- und -untergängen ein prächtiges Farbenspiel bot, schien die Goldsonne dort oben in Form und Gestalt wie ein gemaltes Bild dauerhaft am Himmel festgenagelt zu sein. Aber dafür produzierte sie mit ihren goldfarbenen Strahlen dauerhaft ein wunderschönes, friedlich und beruhigend wirkendes Licht und strahlte eine wohltuende Wärme aus, während er auf der Erde im Sommer oft unter der großen Hitze litt und die Kälte im Winter hasste.

Sein Blick folgte den Sonnenstrahlen den Hügel hinunter auf das türkisfarbene Wasser des Sees und die im Hintergrund majestätisch aufragenden Berge, deren schneeweiße Spitzen das Licht reflektierten.

Rayko war glücklich, dass er neben Rosa nahezu die komplette Familie in den kleinen Häusern nebenan sicher aufgehoben wusste, nach all dem, was sie erlitten hatten. Seine Töchter Becca und Mela, sein Sohn Ronald und dessen Frau Anne sowie die Schwiegersöhne Steffen und Mark, und vor allem seine drei Enkelsöhne Levi, Leon und Vincent, auf die Rosa und er mächtig stolz waren. Sie alle hatten das Grauen jedenfalls überlebt.

Wie mochte es dort unten jetzt eigentlich aussehen nach all dem, was sie Schreckliches erlebt hatten? Er verdrängte den Gedanken und versuchte, sich stattdessen mit seiner neuen Heimat noch ein bisschen mehr anzufreunden.

Sein Blick wanderte weiter über eine Hügellandschaft mit saftig grünen Wiesen voll unbekannter Blumen in herrlichen Farben, eine wunderschöne und fast schon kitschig wirkende Kulisse, in der ein kristallklarer Bergbach ganz in der Nähe vorbeiplätscherte und sich in sanften Biegungen seinen Weg talwärts suchte. Eine wohltuende Stille lag über der Landschaft, nur von irgendwo weiter unten drang eine klare Frauenstimme an sein Ohr, die das Ave Maria sang. *Das kann nur Kathrin mit ihren täglichen Gesangsübungen sein*, dachte er und ging der Stimme entgegen. Der Boden unter seinen Füßen fühlte sich weich und warm zugleich an. Hier brauchte er keine Schuhe und trug ansonsten nur seine Jeanshose und ein Shirt. Ein sanfter Windhauch ließ Bäume und Sträucher kaum merklich hin- und herschwanken, gerade so, als wollten sie damit ihre unvergleichliche Blütenpracht und den betörenden Duft, den sie verströmten, noch etwas mehr zur Geltung bringen.

Hinter einer Flussbiegung sah er Bodo und Lilith am Ufer sitzen und Kathrin zuhören. Ihre Gestalten waren von einer in leuchtenden Farben schimmernden Aura umhüllt, die bei ihm einmal mehr Gänsehautgefühle auslöste. Von ihrer grenzenlosen Liebe fühlte er sich wie immer magisch angezogen.

„Na, hast du schon ausgeschlafen?", fragte Lilith und deutete ihm an, sich neben sie zu setzen.

Er nickte. „Ich hab´s einfach nicht länger im Bett ausgehalten, aber Rosa schläft noch wie ein Murmeltier."

Lilith lächelte und schüttelte den Kopf. „Nein, sie ist gerade auf dem Weg zu uns."

„Woher weißt du ...." Mitten im Satz brach er ab, überlegte kurz, und nickte schließlich. „Sorry, blöde Frage, natürlich weißt du es, Lilith."

Kurze Zeit später stand Rosa wie angekündigt vor ihnen. „Ist das nicht ein wunderschöner Tag heute?"

Bodo nickte. „Hier sind alle Tage wunderschön, Rosa."

Rayko schaute ihn fragend an. „Wo genau befinden wir uns eigentlich, Bodo?"

„Auf Trappist 1f, aber ich nehme an, der Name wird euch nicht viel sagen."

Rosa und Rayko schüttelten gleichzeitig die Köpfe. „Nein, das sagt uns nichts. Sind wir eigentlich weit weg von der Erde", schob Rayko nach.

„Wie man´s nimmt, etwa neununddreißig Lichtjahre, aber nach Maßstäben des Universums ist das nicht viel mehr als ein Katzensprung."

„Neununddreißig Lichtjahre? Das sind doch, ... warte mal, dreihunderttausend mal sechzig, mal sechzig mal vierundzwanzig, mal ..."

„Knapp dreihundneunundsechzig Billionen Kilometer, wenn du es genau wissen willst", unterbrach ihn Lilith kichernd.

Bodo überlegte einen kurzen Moment und nickte schließlich. „Stimmt genau, im Kopfrechnen mit derart großen Zahlen ist sie immer etwas schneller als ich."

Rosa grinste. „Sie ist ja auch mein Schutzengel, und weibliche Wesen sind nun mal ..."

„Vergiss die irdischen Emanzensprüche, Rosa, auf Trappist 1f ziehen die nicht", brummte Bodo.

„Wenn du dich da mal nicht täuschst, mein Guter", prustete Lilith los, worauf sie alle in schallendes Gelächter ausbrachen.

„Genug gefrotzelt, wir haben noch einiges für heute Nachmittag vorzubereiten", sagte Bodo. „Wir sehen uns alle wieder zur gleichen Zeit im Emporium. Ein paar Neue sind auch noch dazu gekommen."

„Ach ja, wer ist es denn, und woher kommen die, Bodo?", fragte Rosa.

„Sieh an, Missis Naseweiß plagt offenbar mal wieder die Neugier. Wohl auch so ein Vorteil, den Frauen gegenüber Männern haben", erwiderte der, was bei Rayko ein breites Grinsen auslöste, während Rosa sich nur mühsam eine Antwort verkniff, wortlos abwinkte und den Hügel wieder in Richtung der kleinen Siedlung hinaufging. Lachend schlenderte Rayko mit Charly den Hang weiter hinunter.

Kapitel 2: Neuankömmlinge

Als Rosa und Rayko zur verabredeten Zeit zum Emporium kamen, das unmittelbar hinter den Häusern ihrer kleinen Dorfgemeinschaft in eine wunderschöne Parklandschaft eingebettet war, saßen die meisten schon auf den im Halbkreis angeordneten Bänken.

„Was habe ich dir gesagt, wir sind wieder mal bei den Letzten", zischte Rosa kaum hörbar, während sie den anderen freundlich zulächelte. „Wo warst du denn wieder so lange?"

„Mit Charly habe ich nur die Gegend ein bisschen erkundet. Ich kann mich nun mal an dieser Natur- und Pflanzenwelt nicht satt sehen, an all den prächtigen Farben und Formen, die es auf der Erde nirgendwo zu sehen gibt. Rocky und Henry sind uns beiden klammheimlich gefolgt und mir irgendwann schnurrend um die Beine gestrichen."

„Und wo hast du unsere Drei gelassen?"

„Sie stromern noch ein bisschen herum."

„Alleine? Sag bloß, du hast sie alleine gelassen", schnaufte Rosa.

„Na und? Du müsstest doch selbst schon bemerkt haben, dass es hier keine Gefahren wie auf unserem Planeten Erde gibt."

„Das sagst du so einfach, aber wer weiß das schon so genau?"

„Du brauchst auf Trappist 1f wirklich keine Angst zu haben, dein Mann hat völlig recht", mischte sich Lilith in das Gespräch ein.

„Trappist 1f, was für ein dämlicher Name", brummte Rayko, „wir sollten dieses kleine Paradies einfach Trappi nennen. Was meinst ihr?"

Rosa nickte. „Ja, Trappi finde ich gut, und ab sofort sind wir dann alle Trappisten."

Lilith schmunzelte und ergänzte geheimnisvoll: „Fürs Erste jedenfalls."

„Was meinst du denn damit?"

Lilith winkte ab. „Setzt euch bitte hin, Gandolf steht schon eine Weile mit den Neuen da vorne und wartet ungeduldig darauf, dass wir unser Geschwätz endlich beenden."

„So ist es", hörten sie Gandolf laut sagen. „Nehmt bitte alle Platz, ich möchte euch zunächst einmal die Neuankömmlinge vorstellen. Sie kommen aus Indiana und sind zu neunt. Buck und Glinda, ihre Tochter Mandy sowie ihre Enkel Mason und Jordan mit ihren Partnerinnen und zwei Urenkeln. Damit ist euere Dorfgemeinschaft jetzt komplett. Insgesamt seid ihr jetzt dreiundachtzig Personen."

Rayko sah seinen alten Freund Eckhard an, der neben ihm saß. „Was hat dieser Gandolf eigentlich für eine Funktion?"

Eckhard zuckte mit den Schultern.

„Warum fragst du mich nicht direkt, Rayko", schallte Gandolfs Stimme zu ihnen herüber. „Ich bin der Geistführer eurer Schutzengel hier, die ihr ja alle schon kennengelernt habt."

„Entschuldige bitte, Gandolf, ich wusste ja nicht, dass du von den Lippen ..."

Gandolf lachte. „Nein, das siehst du vollkommen falsch, mein Freund. Ich kann nicht von den Lippen ablesen, aber ich kann verstehen, was ihr alle gerade denkt."

„Du meinst, du kannst Gedanken lesen?"

„So ungefähr, aber nicht nur ich, sondern auch eure Schutzgeister. Auch ihr werdet noch eine Reihe von Veränderungen an euch im Vergleich zu eurem Leben auf der Erde bemerken. So könnt ihr euch zum Beispiel problemlos alle miteinander verständigen, obwohl ihr aus den unterschiedlichsten Ländern und Kontinenten kommt."

„Stimmt, ich kann mich mit Giovanni, Osman und Halise oder mit Carmen verständigen, obwohl ich zu Lebzeiten kein Wort italienisch, türkisch oder spanisch sprechen oder verstehen konnte", rief einer aus der hinteren Reihe aus, worauf er von seiner Nachbarin zur Antwort erhielt: „Und trotzdem verstehst du die Frauen noch immer nicht, Manfred", womit sie die Lacher auf ihrer Seite hatte.

Gandolf winkte ab. „Wir sollten jetzt Glinda und Buck zu Wort kommen lassen, damit sie uns von ihren Erlebnissen und Erfahrungen auf der Erde berichten können, bevor sie hierher entrückt wurden."

Als Erster ergriff Buck das Wort. „Danke, Gandolf, ich hätte niemals geglaubt, dass das, was dort in den letzten Jahren passiert ist, überhaupt ein Mensch überleben kann, geschweige denn einer in meinem Alter. Aber ich bin mir offen gestanden nicht sicher, ob ich nicht doch schon im Jenseits bin, weil es hier einfach wunderschön ist, so schön wie im Paradies, finde ich jedenfalls."

Gandolf grinste. „Ich muss dich enttäuschen, im Paradies bist du noch lange nicht, Buck, aber im Vergleich zu dem, was sich in den letzten Jahren auf der Erde abgespielt hat, ist das zweifellos eine gewaltige Verbesserung für euch alle. Am besten erzählst du uns jetzt mal, wie du mit deiner Familie die letzten Jahre dort unten erlebt hast."

Buck nickte, richtete seinen Blick gedankenverloren über die Köpfe hinweg und begann zu erzählen. „Angefangen hat alles an dem Tag, als ich glaubte, die Welt würde untergehen. Wir waren an einem Samstagmorgen von Indianapolis nach Nappanee zu den Amish People aufgebrochen. Mit wir meine ich Glinda und mich, unsere Tochter Mandy, die Enkel Mason und Jordan mit ihren Partnerinnen und die beiden Urenkel. Das erste Mal seit vielen Jahren, dass ein Großteil unserer Familie mal wieder ein Wochenende irgendwo gemeinsam verbringen wollte. In Nappanee wollten wir über Nacht bleiben und am nächsten Tag nach einem Abstecher zum Lake Michigan gegen Abend wieder nach Indianapolis zurückfahren. Doch daraus wurde nichts. Kurz vor Nappanee ließ uns am späten Nachmittag ein gewaltiger Donnerschlag fast die Trommelfelle platzen. Kurz drauf erhellte eine nicht endend wollende Serie gleißend heller Blitze den Himmel. Danach krachte es unaufhörlich und ein orkanartiger Sturm brach los, den wir so extrem noch nie zuvor erlebt hatten. Buchstäblich alles flog durch die Gegend, Dächer, Sträucher, Bäume, Autos und Menschen. Es war unbeschreiblich. Auch wir wurden mit unserem Transporter, der mit sieben Personen und reichlich Gepäck bestimmt zweieinhalb Tonnen wog, quer über die Straße gegen einen Baum gedrückt, ohne dass uns viel passiert wäre, von ein paar Schrammen mal abgesehen. Ein unbeschreiblicher Orkan bot uns nicht die geringste Chance, das Fahrzeug zu verlassen, auf das Äste, Zweige und alles mögliche von oben und von der Seite einprasselten und den Wagen völlig verbeulten. Wir hatten uns in unseren Sitzen so klein wie möglich gemacht, weil wir Angst hatten, die Scheiben am Fahrzeug würden zerbersten. Sie sind zwar alle mehr oder weniger zersplittert, hielten dem Sturm aber zum Glück bis zum Schluss stand. Nach einer gefühlten Ewigkeit ließ er schlagartig nach und der Himmel verfinsterte sich. Dann prasselte ein Regen nieder, ein unglaublich schmutziger Regen, der im Nu die Gegend zu überschwemmen begann. Das Wasser stieg in Rekordzeit immer höher, sodass wir alle Angst haben mussten, mit dem Auto weggeschwemmt zu werden und jämmerlich zu ertrinken. Doch plötzlich hielt eine schwarze Pferdekutsche direkt neben unserem Wagen und der Kutscher deutete uns an, in die Kutsche umzusteigen, was uns nur mühsam gelang. Kaum waren wir in der Kutsche, trabte das Pferd los und brachte uns nach relativ kurzer Zeit zu einer großen Holzscheune, die den Orkan halbwegs heil überstanden hatte, weil sie hinter einem Erdwall stand, der etwas Schutz vor dem Sturm und den Wassermassen bot. Trotzdem stand das Wasser auch im Inneren der Scheune kniehoch. Der Kutscher deutete uns an, eine Holzleiter bis zum Scheunenboden unter dem Dach hinaufzuklettern und dort so lange zu bleiben, bis er wiederkommen würde.

Mason hatte zum Glück unseren Picknickkorb aus dem Wagen mitgenommen. Obwohl nicht mehr allzu viel übrig geblieben war von dem üppigen Lunch, den wir gegen Mittag noch bei strahlendem Sonnenschein auf einer Wiese zu uns genommen hatten, reichte es dennoch für jeden wenigstens zu einer kleinen Mahlzeit. Danach versuchten wir alle eine Weile vergeblich, mit unseren Smartphones Kontakt zu Verwandten, Bekannten oder Nachbarn aufzunehmen, doch das komplette Mobilnetz war offenbar ausgefallen. Zudem gab es in der Scheune auch keinen Strom, sodass wir nach dem Einsetzen der Dämmerung alle im Dunkeln saßen, bis wir nach und nach vor Erschöpfung einschliefen. Ja, so war es, an diesem schrecklichen Tag damals", sagte Buck und schwieg für ein paar Sekunden.

„Oh Mann, da habt ihr aber im Vergleich zu dem, was ich erlebt habe, noch Glück im Unglück gehabt", sagte Giovanni. „Ich war zu der Zeit dienstlich unterwegs in Norditalien und nutzte die Gelegenheit, mir zwischen zwei Geschäftsterminen den Dom in Mailand anzuschauen. Ich denke, er ist nach dem Petersdom eines der imposantesten Kirchenbauwerke der Welt. Die gotische Fassade aus weißem Marmor, die phantastischen Strukturen und Skulpturen innen und außen, wunderschöne Kirchenfenster, prachtvolle Säulen, einzigartige Türmchen, der unglaubliche Blick von der begehbaren Allee auf dem Dach, die von filigranen Spitztürmchen umsäumt ist. Man kann das alles eigentlich gar nicht mit Worten beschreiben, das muss man selbst gesehen haben. Aber ...", Giovanni schwieg kurz und schüttelte den Kopf, dann fuhr er fort, „kaum hatte ich den Domvorplatz wieder verlassen, gab es eine gewaltige Erschütterung. Mir wurden buchstäblich die Beine weggerissen und ich fiel zu Boden. Dann hörte ich hinter mir nur noch das Zerbersten von Gestein, das mit unbeschreiblichem Getöse krachend zur Erde stürzte, und dann ... Schreie, entsetzlich laute Schreie in Todesangst, von Menschen, die offenbar von herabfallendem Gestein erschlagen und begraben wurden. Als ich mich aufzurichten und umzudrehen versuchte, sah ich nichts weiter als eine gigantische große Wand, eine Wand aus Staub- und Aschewolken, die für ein paar Minuten den Ort des Schreckens hinter mir verbargen, gerade so, als würde bei der Theateraufführung eines blutigen Dramas der Vorhang nach der letzten schrecklichen Szene fallen. Doch dieser Vorhang hat sich irgendwann wieder zu lichten begonnen, sich allmählich aufgelöst, um einen Blick auf eine Horrorkulisse unbeschreiblichen Ausmaßes freizugeben. Überall sah es aus wie nach einem Bombenangriff. Vom Dom standen nur noch ein paar Mauerreste, und der Domplatz war übersät mit herabgestürzten Mauerteilen. Überall lagen Leichen auf dem Platz. Menschen schrien voller Verzweiflung und Schmerzen um Hilfe. Aber ich konnte kaum etwas für sie tun, ihnen nur auf die Beine helfen, sofern sie noch welche hatten, ihnen etwas zu Trinken geben, das ich irgendwo in einem der zerborstenen Gebäude um den Domplatz fand, ihnen die Hand halten, ihnen über den Kopf streicheln und ein paar tröstende Worte sagen, oder ihnen die

Augen zudrücken, wenn sie ..." Giovanni schwieg abrupt, wischte sich verstohlen über die Augen und versuchte krampfhaft, nicht die Beherrschung zu verlieren.

Gandolf ging auf ihn zu und legte tröstend den Arm um ihn. „Danke Giovanni, ich weiß, wie schrecklich das alles für dich gewesen sein muss. Doch jeder von euch hat ohne Ausnahme sicherlich viel Schreckliches erlebt, hat panische Ängste um sich und das Leben seiner Angehörigen ausstehen oder Schmerzen, Hunger, Durst, Kälte und sengende Hitze ertragen müssen. Jeder an einem anderen Ort und jeder in einer anderen Art und Weise. Das eint euch alle hier, doch das ist nicht der Grund, warum ihr hier seid. Ihr werdet alle noch ausreichend Gelegenheit haben, von euren Erlebnissen und Erfahrungen zu berichten und euch diesbezüglich auszutauschen. Doch ich möchte heute Buck und Glinda in erster Linie zu Wort kommen lassen, weil sie diejenigen sind, die es am längsten dort unten auf der Erde aushalten mussten. Sie sind die Letzten, die nach hier entrückt wurden, und die Letzten sollen in Anlehnung an ein altes biblisches Sprichwort heute die Ersten sein, wenn ihr einverstanden seid." Dann richtete er seinen Blick auf Glinda. „Möchtest du uns jetzt weitererzählen, was ihr alles in Nappanee erlebt habt?"

Glinda nickte. „Gerne, Gandolf. Als wir irgendwann am nächsten Morgen in der Scheune wachgeworden sind und einen Blick hinaus warfen, traf uns fast der Schlag. Das ganze Land schien sich, soweit man blicken konnte, in einen riesigen See verwandelt zu haben. Eine trübe, braune Wassermasse umgab die Scheune. Hunger und Durst quälten uns und unsere Kleider waren völlig durchnässt, weil das alte Scheunendach an einigen

Stellen marode und undicht war und uns in der Nacht nur unzureichendem Schutz vor dem Regen bot, der unaufhörlich niederging und das Land zum Teil meterhoch überschwemmte, wie Jordan feststellte, der als Erster die Leiter hinuntergeklettert war und etwa eine Viertelstunde später mit einem Korb voll trockenem Brot und ein paar Früchten wieder hochkam. Er hatte die Sachen irgendwo in der Scheune entdeckt und meinte, sie zu essen wäre allemal besser, als weiter zu hungern. Ihr werdet lachen, aber wir haben alles mit Hochgenuss verschlungen. Dann haben wir beratschlagt, was wir tun sollten, aber wir waren in unserer Scheune wie auf einer einsamen Insel mitten im Ozean. Selbst ein guter Schwimmer hätte zumindest wissen müssen, in welche Richtung er schwimmen soll, aber keiner von uns hätte es wohl viel weiter als ein paar hundert Meter geschafft. Buck und Mason beschlossen, noch eine Nacht hier zu bleiben in der Hoffnung, dass das Wasser bis dahin ablaufen würde. Falls nicht, wollten sie versuchen, am nächsten Tag ein Floß für uns alle zu bauen. Bretter und Seile würden sich sicherlich genug in der Scheune auftreiben lassen, meinten sie. Die Stunden auf dem ungemütlichen und zugigen Dachboden der alten Hütte kamen uns endlos lang vor. Wir machten uns auch Sorgen darüber, wie es unseren anderen Familienmitgliedern und Freunden in Indianapolis gehen würde, falls sie überhaupt noch leben sollten.

Am späten Nachmittag sahen wir unseren Retter vom Vortag mit einem großen Kahn auf die Scheune zusteuern. Er hielt ein paar Meter vor der Hütte und warf uns ein Tau zu, das wir am Dachgebälk festbinden und uns dann zu ihm ins Boot abseilen sollten. Für die jungen Familienmitglieder war das kein allzu großes Problem, aber für Buck, Mandy und mich erschien mir das unmöglich. Doch Jordan als durchtrainierter Armee-soldat machte es uns vor, in dem er flink wie ein Wiesel am Seil hinunterrutschte und sich dann wieder zu uns hochzog. Zur Sicherheit band er uns noch ein zweites Seil um den Bauch und sicherte uns beim Hinunterklettern damit ab. Ich weiß zwar nicht mehr genau wie, aber irgendwie haben wir es schließlich mit vereinten Kräften geschafft. Im Boot haben wir uns zu-nächst einmal bei unserem rettenden Engel überschwänglich bedankt, der sich als Jonathan Baker vorstellte und uns in Rich-tung seiner außerhalb von Nappanee gelegenen Farm ruderte. Es mache keinen Sinn, uns dorthin zu bringen, denn die Stadt und die ganze Region seien völlig überschwemmt. Der kom-plette Verkehr sei zusammengebrochen, sagte er. Wir müssten daher so lange bei ihm und seiner Frau bleiben, bis sich die Lage normalisiert habe.

Etwa eine halbe Stunde später erreichten wir die Farm, oder besser das, was davon nicht von den Wassermassen ertränkt worden war. Das Farmhaus und die Scheunen standen fast zur Hälfte im Wasser. Jonathan steuerte eine Kapelle an, die offen-bar auf einer kleinen Anhöhe lag und uns wie eine rettende Insel vorkam. Eine ältere Frau kam uns entgegen und half uns beim Aussteigen aus dem Kahn. Sie trug ein schwarzes Kleid mit einer weißen Haube auf dem Kopf, die ihre grauen Haare halb verdeckten.

,Das ist Elizabeth, meine Frau, aber wir nennen sie alle nur Eliza', sagte Jonathan und führte uns zur Kapelle, die im Grun-de nicht mehr war als eine hölzerne Scheune mit einer gezim-merten Kirchturmspitze auf dem Dach, auf der ein kleines Holzkreuz befestigt war. Die Kapelle selbst war in einem für diese Gegend typischen Rotbraun gestrichen, von der sich nur die weiß gestrichene Kirchturmspitze farblich abhob. Im Inneren hatten sich die Bakers offenbar aus der Not heraus halbwegs häuslich eingerichtet. Ein Holzschrank, ein Tisch, ein paar Stühle, Töpfe, Pfannen, Säcke mit Mehl, und Körbe mit Obst und Gemüse in der einen und ein paar mit Stroh gefüllte Matratzen in der anderen Ecke. Draußen hatte Jonathan aus ein paar übereinander gestapelten Steinen eine Feuerstelle errichtet, wo Eliza in einem überdimensionalen Kochtopf eine herzhafte Gemüsesuppe für uns alle kochte. Dazu gab es für jeden ein Stück selbstgebackenes Brot. Die heiße Suppe schlürften wir genüsslich aus Trinkbechern. Dass es kein Essgeschirr gab, störte uns überhaupt nicht, denn wir waren alle derart hungrig, dass für uns nur die warme Mahlzeit zählte.

‚Die Matratzen werden wohl nicht für uns alle reichen', sagte Jonathan, ‚aber vielleicht reichen den jungen Leuten ja auch ein paar Wolldecken, von denen wir zum Glück noch einen ganzen Stapel hier im Schrank haben, denn die Kapelle ist nicht beheizt und im Winter sitzen wir alle beim Gottesdienst hier in Wolldecken dick vermummt.'

Als Buck erwähnte, was für ein Glück es doch sei, dass die Kapelle auf einen Hügel stehen würde, weil wir sonst wohl alle irgendwo auf einem Dach sitzen müssten, hat Jonathan dröhnend gelacht und gesagt: ‚Hier in der Gegend gibt es keinen Hügel weit und breit, hier ist alles fast telereben.' Über unser ungläubiges Kopfschütteln hat er sich köstlich amüsiert. ‚Diesen Hügel haben wir meinem Großvater zu verdanken, denn als der sich mit seiner Familie aus Deutschland hier niedergelassen hatte, musste das zur Farm gehörende Ackerland von uns allen zunächst vor dem Getreide- und Gemüseanbau mühsam von Steinen geräumt werden, die wir mit Schubkarren zu einem riesigen Berg auftürmten. Wie froh waren wir damals, als diese elende Plackerei vorbei war. Aber nicht für meinen Großvater, der selbst seine Enkelkinder nicht vor dieser Schufterei verschonte. Kaum hatten wir uns ein paar Tage ausgeruht und mit dem Bepflanzen der Felder begonnen, teilte er alle männlichen Familienmitglieder dazu ein, eine Grube für einen Fischteich auszuheben. Und das Erdreich mussten wir dann mit etwas Zement und dem Steingeröll aus den Feldern vermischen und zu einem Hügel aufschütten, auf dem heute diese Kapelle steht. Es gab damals keinen Bagger oder Radlader, sondern wir mussten alles von Hand mit Schaufeln und Pickeln erledigen und das aufgeschüttete Material mit einer schweren Walze verdichten, die Opa irgendwo von einer Baufirma organisiert hatte. Auf das Hügelplateau mussten wir zum Abschluss noch eine Schicht Mutterboden auftragen, den wir mit Grassamen bepflanzten. Großvater verriet keinem von uns, was er damit eigentlich bezweckte, aber ein Jahr später wussten wir es, als er uns den Plan einer Kapelle präsentierte, die der kleinen Bergkapelle in unserem Heimatort in den Alpen sehr ähnlich sah. Auch sie stand dort auf einem Hügel, nur den hatte dort vorher niemand aufschütten müssen. Wieder sollte uns also zu der schweren Feld- und Erntearbeit und der gerade erst abgeschlossenen Errichtung eines Wohngebäudes sowie von zwei Scheunen für Pferde, Rinder und Hühner sowie für die Einlagerung von Stroh, Heu und Feldfrüchten eine mühsame Plackerei bevorstehen, zu der keiner von uns auch nur die geringste Lust verspürte. Als wir Großvater darauf ansprachen, warum wir neben der Gemeindekirche im Ort noch eine eigene Kapelle auf diesem künstlichen Hügel bauen sollten, hat er uns erklärt, dass wir dem lieben Gott damit jederzeit an diesem würdigen und erhabenen Platz für seine Güte und Gnade, die er uns mit der glücklichen Auswanderung aus unserer kriegsbedrohten Heimat beschert hat, danken könnten. Zudem solle diese Bergkapelle, er hat sie tatsächlich so genannt, eine Bergkapelle in diesem endlos weiten und flachen Land', Jonathan schüttelte kurz den Kopf und fuhr dann fort, ,uns immer an unsere ursprüngliche Heimat in Deutschland erinnern. Wir spürten alle, wie wichtig ihm das war, und so haben wir ihm schließlich auch diesen Wunsch mit vereinten Kräften erfüllt. Meine Großeltern und meine Eltern sind schon lange tot, aber Eliza und mir hat Großpapa mit dieser Bergkapelle letztlich das Leben gerettet, denn sonst wären wir wohl hier ertrunken oder elend verhungert und verdurstet. Als das Unwetter losging und nicht mehr aufhören wollte, haben Eliza und ich alles, was man zum Überleben braucht, hier in die Kapelle geschleppt. Ich denke, für ein paar Wochen wird es auch für uns und unsere Gäste reichen, nicht wahr Mutter', sagte er zu seiner Frau, die uns freundlich zunickte. Ich habe noch nie zuvor in meinem Leben derart selbstlose und hilfsbereite Menschen erlebt", beendete Glinda ihre Erzählung.

„Vielleicht sollte ich euch allen noch kurz erläutern, was es mit den Amish People auf sich hat", ergänzte Gandolf. „In einigen Staaten der USA fühlt man sich um ein paar hundert Jahre zurückversetzt, wenn man in eine typische Siedlung der Amischen gerät. Diese Menschen kleiden sich seltsam altmodisch, meist in schwarz. Es gibt dort weder elektrischen Strom noch Autos, nur die typischen Pferdekutschen mit an Leichenwagen erinnernde schwarze Aufbauten. Die Amischen sind

Auswanderer, die aus dem Alpenraum in die Neue Welt kamen und seitdem an ihrer Religion, ihrer Lebensweise und Sprache kaum etwas verändert haben. Sie praktizieren ein sehr christlich geprägtes Zusammenleben in kleinen und sehr disziplinierten Gemeinden. Es sind fast ausschließlich Bauern, die weder Strom noch motorgetriebene Fahrzeuge benutzen. Sie sind nicht grundsätzlich gegen den Fortschritt, glauben aber, dass der Besitz von Autos, Elektrizität und Telefon ihr gemeinschaftliches Leben zerstört. Sie erziehen daher auch ihre Kinder in eigenen Schulen. Dort wird zwar in Englisch unterrichtet, aber untereinander sprechen sie eine Mischung aus Deutsch und Englisch. Morgen werden wir Buck und Glinda noch einmal Gelegenheit geben, uns zu erzählen, wie ihre Geschichte weitergegangen ist. Doch jetzt lasst uns diesen Abend fröhlich ausklingen. Kathrin, Frank und Mark wollen mit uns gemeinsam noch ein bisschen musizieren und singen. Mal sehen, ob wir hier nicht noch einen hervorragenden gemischten Chor zusammenbekommen."

Kapitel 3: Strandspaziergang

„Opa, Opa, kommst du mit uns, wir wollen schwimmen gehen?", hörte Rayko seine drei Enkel schon von weitem rufen. Kurz darauf kamen sie auch schon um die Ecke gestürmt. Levi und Leon zogen einen Bollerwagen hinter sich her, vollgestopft mit Badesachen, Taucherbrillen, Luftmatratzen, Bällen, Eimern und Gießkannen. Und obenauf thronte Vincent, quietschvergnügt in die Hände klatschend.

Rayko hob ihn herunter, bevor der Kleine von selbst den Halt verlor. „Wo habt ihr denn die Sachen alle her?"

Levi zuckte mit den Schultern. „Weiß nicht, Opa, musst du Papa fragen, er hat sie irgendwo in unserem Haus gefunden."

„Na toll, Jungs, aber eigentlich habe ich keine richtige Lust und möchte noch ein bisschen mit Oma auf der Terrasse sitzen bleiben."

„Aber das ist doch total langweilig, Opa, und Oma kann ja auch mitkommen."

Rosa grinste. „Dieses tolle Angebot kannst du ihnen wirklich nicht abschlagen. Komm, wir nehmen Charly mit und machen es uns mit den Kindern am Strand gemütlich."

Rayko schüttelte den Kopf. „Erstens, mit Kindern ist es nie gemütlich, zweitens, Charly und ich hassen Wasser, vor allem, wenn es nass und kalt ist. Und Wasser ist immer nass und kalt, von Badewasser mal abgesehen. Drittens ..."

„Drittens könntest du mit deinem Sohn und den Enkelkindern mal wieder ein bisschen Fußball spielen." Rosa sah ihn erwartungsvoll an, weil sie genau wusste, dass ein Fußball für ihn noch immer eine magische Anziehungskraft hat, trotz seines Alters.

„Mmh", brummte Rayko, „also gut, aber nur den Kindern zuliebe, und auf keinen Fall länger als zwei Stunden."

„Hurra, Opa und Oma gehen mit uns an den Strand", schrien die drei Jungs im Chor und rannten wie auf Kommando gleichzeitig los, wobei Levi den voll bepackten Bollerwagen einfach stehen ließ.

„Oh Gott, wir müssen ihnen sofort nach, nicht dass ihnen im Wasser etwas passiert", rief Rosa und zog Rayko hoch.

„Keine Angst, Rosa. Allen hier auf Trappist 1f droht nicht die geringste Gefahr, das versichere ich dir", hörte sie Lilith sagen, die plötzlich neben ihr stand.

„Das sagst du so, wenn aber doch ..."

„Lilith hat recht, ihr braucht euch wirklich keine Sorgen zu machen", bekräftigte Bodo, der sich ebenfalls zu ihnen gesellte. „Wo wollt ihr denn alle hin?"

Rayko lachte. „Komische Frage, von einem Schutzgeist. Du fragst doch sonst auch nicht so etwas und weißt ohnehin alles."

„Mit sonst meinst du wohl das Leben auf der Erde. Richtig, denn dort lauern auch überall Gefahren für euch Menschen, aber hier ..."

„Dann bist du also hier quasi auf Urlaub, Bodo?"

Bodo musste grinsen. „Nicht ganz, mein Lieber, denn ich habe noch ein paar andere Aufgaben, als auf so einen wie dich aufzupassen."

„Aber wenigstens ein Strandspaziergang mit mir müsste doch drin sein, oder?"

„Also gut, meinetwegen. Lass uns losgehen, aber vergiss den Bollerwagen für die Kinder nicht."

„Natürlich nicht. Sag mal, wo kommen die ganzen Sachen eigentlich auf einmal her?"

Von Bodo bekam er darauf nur ein vielsagendes Lächeln als Antwort.

Am Strand wehte ein angenehm frischer Wind. Sanfte Wellen liefen im Sand aus und spülten bei jedem Schritt den Boden unter ihren Füßen weg.

„Sag mal, Bodo, gibt es hier eigentlich auch Gezeiten?"

Der Schutzgeist schüttelte den Kopf. „Zumindest nicht in dem Ausmaß wie auf der Erde."

„Aha. Und wo in diesem unendlichen Weltall befinden wir uns eigentlich?"

„Mmh, wie soll ich dir das erklären? Von der Erde aus betrachtet würde man Trappist 1f jedenfalls im Sternbild Wassermann finden, also am südlichen Sternenhimmel."

„Und warum sind wir eigentlich hier, Bodo, das muss doch einen Sinn haben, dass wir von einer Sekunde auf die andere von der Erde verschwunden und hier wieder aufgetaucht sind. Wenn ich an mein Studium denke, dann erinnere ich mich, dass nichts schneller sein kann als die Lichtgeschwindigkeit, und die beträgt etwa 300.000 Kilometer pro Sekunde. Sicherlich unvorstellbar schnell, aber selbst bei dieser Geschwindigkeit hätten wir 39 Jahre gebraucht, um hier anzukommen. Da stimmt doch was nicht, oder hat sich Einstein etwa geirrt?", fragte Rayko mit kritischem Blick Richtung Bodo.

„Hat er nicht, aber das ist ein sehr komplexes Thema, das weit über das Allgemeinwissen der Menschen hinausgeht. Hast du schon mal etwas von Quantentheorie oder Quantenverschränkung gehört?"

„Schon, aber ich habe schon Einsteins Relativitätstheorie nie richtig verstanden. Verschon mich also bitte damit."

„Wie du meinst."

„Aber etwas würde ich schon gerne wissen. Warum sind wir eigentlich hier auf diesem Planeten, der große Ähnlichkeit mit der Erde zu haben scheint, aber weitaus schöner und friedlicher als die Erde ist, die wir hinter uns gelassen haben. Hier gibt es zwar Häuser und Wege, aber weder richtige Straßen, noch Autos, Züge, Flugzeuge oder Fabriken und ..."

„Nun halt mal die Luft an, mein Lieber", erwiderte Bodo. „Vermisst du denn das alles?"

Rayko schüttelte den Kopf. „Am Anfang schon. Aber jetzt? Nein, um ehrlich zu sein."

„Na also."

„Und was hat es mit dieser merkwürdigen Goldsonne auf sich, die morgens nicht auf- und abends nicht untergehen will, obwohl das doch eigentlich ..."

„Ich weiß, was du sagen willst, mein Lieber", unterbrach ihn Bodo, „deine merkwürdige Goldsonne hier heißt Trappist 1 und ist ein so genannter roter Zwergstern, um den sieben Planeten kreisen. Und auf einem von ihnen, nämlich auf Trappist 1f befinden wir uns gerade. 1f ist zwar etwa so groß wie die Erde, benötigt aber nur neun Tage für einen Umlauf, und 1f dreht Trappist 1 stets die gleiche Seite zu, sodass es hier immer relativ hell und warm ist, wenn auch nicht im gleichen Maß wie auf der Erde. Aber auf der Rückseite von 1f ist es deshalb immer dunkel und sehr kalt."

Rayko nickte. „Okay, ich glaube, das habe ich verstanden, aber nur vom Prinzip her, schließlich bin ich kein Astronom. Fehlt mir nur noch die Antwort auf die Frage, warum ich mich hier so leicht und beschwingt fühle."

„Das hat mehrere Gründe, aber ich werde dir zunächst nur den nennen können, der für dich nach deinem bisherigen Kenntnisstand nachvollziehbar ist."

„Na schön, und um was handelt es sich dabei?"

„Sagt dir der Begriff Fallbeschleunigung vielleicht etwas?"

„Und ob, wir haben während meiner Ausbildung Fallversuche im Labor gemacht, um rechnerisch die Erdbeschleunigung zu ermitteln. Deshalb geht mir selbst nach fast fünfzig Jahren die Zahl 9,81 Meter pro Sekunde im Quadrat nicht aus dem Sinn. Und wie groß ist sie hier auf Trappist 1f, Bodo?"

„Ich mache es rund. Sie beträgt hier nur etwa 6 Meter pro Sekunde im Quadrat. Deshalb bist du auch hier um zirka vierzig Prozent leichter als dort unten und kannst selbst in deinem Alter noch die tollsten Sprünge machen."

„Na klar, das ist es, darauf hätte ich eigentlich auch selbst kommen können. Fehlt allerdings noch die Antwort auf meine Frage, warum wir eigentlich hier sind und wie es mit uns weitergeht."

„Genau auf diese Frage muss ich dir die Antwort schuldig bleiben, zunächst jedenfalls."

„Und warum, oder weißt du es selbst nicht?"

„Doch, ich weiß es, und auch ihr werdet es noch erfahren, aber alles zu seiner Zeit."

„Nun komm schon, Bodo, mir kannst du es doch verraten."

„Keine Chance, Rayko. Erst wenn ihr in der Lage seid, es zu verstehen, werden wir es euch wissen lassen."

„Du bist ein echter Spielverderber, Bodo, und Fußballspielen kannst du sicher auch nicht."

„Und ob, mein Lieber, in einem früheren Leben auf der Erde war ich nämlich ein ganz berühmter Fußballer."

„Und das soll ich dir glauben, du Angeber?"

„Warte nur ab, ich werde es dir gleich beweisen."

„Dann lass uns mal den Kindern den Ball abluchsen, damit ich dir eine Lektion in Sachen Fußball erteilen kann", erwiderte Rayko lachend.

Nachdem auch Ronald, Steffen, Mark und Osman sowie Giovanni mit seinen drei Jungs dazugestoßen war, entbrannte am Strand von Trappist 1f schon bald eine hitzige Fußballschlacht.

Kapitel 4: Glindas und Bucks Geschichte

„Ich bin schon sehr gespannt, wie die Geschichte von Buck und Glinda weitergeht", sagte Rosa, während sie am nächsten Tag ihren gewohnten Platz neben Osman und Halise am Emporium einnahmen. „Na, was habt ihr denn heute so gemacht, und wo sind eigentlich eure Kinder?", fragte sie.

„Die wollten nicht mit. Ist ihnen zu langweilig, haben sie gesagt. Sie wollten lieber noch mit den anderen Kindern spielen."

„Lasst sie ruhig spielen. Ihnen ist die Situation, in der wir uns alle hier befinden, ohnehin nicht richtig bewusst."

„Um ehrlich zu sein, mir auch nicht", erwiderte Halise.

„Das ist nur allzu verständlich", hörten sie Gandolf sagen, der gerade angekommen war. „Aber keine Sorge, deshalb treffen wir uns hier ja auch regelmäßig, um uns über all das, was euch widerfahren ist und was von euch noch erwartet wird, auszutauschen."

„Oha, das klingt aber nicht gerade gut. Was erwartet man denn noch von uns, und vor allem, wer ist man?", warf Rosa ein.

„Keine Sorge, nichts Schlimmes jedenfalls, aber habt bitte Verständnis, dass wir euch in aller Ruhe optimal auf eure Mission vorbereiten wollen. Ihr müsst schon noch etwas Geduld haben."

„Mission? Was denn für eine Mission? Und Geduld haben, oh Mann, mit diesen Andeutungen hat er bei mir gerade das Gegenteil erreicht", brummte Rosa, während Gandolf mit Glinda und Buck nach vorne ging.

„Hört bitte mal her", sagte er, „wir wollen Glinda und Buck heute ihre Geschichte zu Ende erzählen lassen. Wir waren stehen geblieben bei der Schilderung, wie die Bergkapelle der amischen Familie auf dem flachen Land entstanden ist und wie fürsorglich ihr bei den Bakers aufgenommen worden seid. Erzählst du bitte weiter, Buck?"

„Gerne. Ich weiß nicht mehr so genau, wie lange wir dort von der Außenwelt völlig abgeschnitten waren, denn das Wasser wollte einfach nicht ablaufen. Wir wussten noch immer nicht, was eigentlich passiert war, ohne Fernsehen, Radio oder Internet. Möglicherweise hätten wir ja mit den Smartphones Kontakt aufnehmen können, aber alle Akkus waren leer, und Strom zum Aufladen gab es auch nicht. Zum Glück hatten wir genug Vorräte zum Essen. Glinda und Mandy halfen Eliza beim Kochen. Es gab meistens nur Suppe, ab und zu auch mal ein paar Eier, aber dafür entschädigte uns Glinda als Bäckermeisterstochter mit ihren Backkünsten. Es gab leckeres Brot,

Semmel und sogar ab und an einen Kuchen. Die Burger- und Pommesgeneration hatte zwar anfangs ein paar Umstellungsprobleme, aber irgendwann sind sie schließlich auch auf den Geschmack gekommen. Wasser gab es zwar in Hülle und Fülle, aber die abgestandene Brühe, von der wir umzingelt waren, war kaum trinkbar. Doch Not macht bekanntlich erfinderisch, und so habe ich mit Jonathan aus ein paar alten Eimern, gefüllt mit Stein-, Kies- und Sandschichten und ein paar Stoffresten am durchlöcherten Boden Wasserfilter gebaut, die recht ordentlich funktioniert haben. Und gekühlt haben wir das gefilterte Wasser, indem wir feuchte Lappen um die Metalleimer wickelten, in denen das Wasser durch die Verdunstungskälte wunderbar kühlte. Vielleicht sollte ich das noch ein bisschen weiter erläutern, denn nicht jeder ..."

„Danke Buck, ich finde eure Erfindung großartig, aber lass uns jetzt bitte wissen, wie es weiterging", unterbrach ihn Gandolf.

„Also gut", brummte Buck, offensichtlich ein wenig verärgert. „Irgendwann tauchte ein Motorboot mit zwei Männern auf, einer von der Stadtverwaltung und ein Polizist. Sie brachten uns Getränke und eine voll bepackte Kiste mit Lebensmitteln mit. Unsere Fragen nach der Ursache für die Katastrophe konnten sie leider nur unzureichend beantworten. Ausgelöst durch den Absturz eines Kometen oder eines relativ großen Meteoriten im Bereich der arabischen Halbinsel sei diese offenbar in Teilen komplett im Meer versunken und habe gewaltige Tsunamis ausgelöst, die über den ganzen Erdball geschwappt seien. Zudem sei es durch den gewaltigen Aufprall zu größeren Rissen in der Erdkruste gekommen, die weltweit in einer Art Kettenreaktion den Ausbruch von Vulkanen und den Austritt von Lava an zuvor nie gefährdeten Stellen, verbunden mit Waldbränden oder weiteren Überschwemmungen ausgelöst hätten. Weltweit läge die Erde in weiten Teilen in Trümmern. Unzählige Opfer seien zu beklagen. Die komplette Infrastruktur, insbesondere der Verkehr sowie die Ver- und Entsorgung, sei fast überall zusammengebrochen. Ärzte, Krankenhäuser und Rettungsdienste seien völlig überfordert, sich um die unüberschaubare Zahl von Verletzten zu kümmern, geschweige denn um diejenigen, die irgendwo in zerfallenen oder einsturzgefährdeten Gebäuden feststeckten und sich aus eigener Kraft nicht befreien könnten. Erst heute sei es der Stadt gelungen, irgendwo ein Motorboot und etwas Sprit aufzutreiben, um bei den außerhalb liegenden Farmen nach dem Rechten zu sehen, mit erschütterndem Ergebnis, denn kaum einer außer uns hier habe diese Katastrophe überlebt. Doch zumindest könne man uns so wenigstens genug Notverpflegung überlassen, denn es würde keinen Sinn machen, uns nach Nappanee mitzunehmen, weil dort die Lage in Bezug auf unsere Unterbringung noch schlechter wäre.

Ohnehin wollten weder Jonathan und Eliza noch wir unsere Bergkapelle als Rettungsinsel verlassen. Die Männer haben sich dann von uns verabschiedet und uns versprochen, spätestens in einer Woche wieder vorbeizuschauen, falls bis dahin noch immer alles überschwemmt sein sollte."

„Und wie ging es dann weiter, Buck?", fragte Gandolf.

„Tja, was soll ich sagen, wir konnten zunächst nichts weiter tun als abzuwarten und uns die Zeit so gut es ging zu vertreiben. Ich glaube, nach vier oder fünf Tagen kam Eliza, die frühmorgens für uns alle etwas Kaffee zum Frühstück zubereitete, völlig aufgeregt in die Kapelle und rief uns nach draußen. Buchstäblich über Nacht war das Wasser stark gesunken und hatte schon an einigen Stellen den Boden wieder freigegeben. Was soll ich sagen, ihr könnt euch den unbeschreiblichen Jubel, der daraufhin losbrach, kaum vorstellen. Wir tanzten wie die Wilden vor der Bergkapelle herum und fielen uns lachend und weinend zugleich in die Arme. Stundenlang saßen wir dann alle draußen und starrten auf das langsam weiter sinkende Wasser, wobei wir jeden neuen Quadratmeter trockenes Land wie kleine Kinder bejubelten. Am nächsten Tag war das Wasser zwar komplett verschwunden, aber dafür der Boden völlig durchnässt und schwammig. Aber wir konnten wenigstens ins Haus der Bakers, um dort Schäden zu beseitigen und alles wieder halbwegs bewohnbar zu machen. Jonathan hatte zum Glück auf dem Dachboden Schinken und selbstgemachte Würste zum Trocknen aufgehängt, die wir nach und nach genießen durften. Zum Glück brannte in den nächsten Tagen die Sonne kräftig vom Himmel, sodass der Erdboden relativ schnell abtrocknete und mit der Kutsche wieder befahrbar war. So war es Jonathan wenigstens wieder möglich, in die Stadt zu kommen, obwohl dort noch immer Chaos herrschte. Wir konnten uns aber wenigstens wieder mit dem Allernötigsten versorgen."

„Und wie lange wart ihr dann noch bei den Amischen?", fragte Ronald.

„So genau wissen wir das nicht mehr, aber bestimmt noch ein paar Wochen, denn es gab ja keine Möglichkeit für uns, von dort wieder nach Hause zu kommen", erwiderte ihm Glinda. „Gleisanlagen waren zerstört, sodass keine Züge mehr fahren konnten, und die meisten Straßen waren auch unbefahrbar, zumal unser Wagen spurlos verschwunden war. Zudem gab es ja auch nirgends Tankstellen, an denen man Sprit hätte kaufen können, jedenfalls nicht für Privatleute. Irgendwann ist es uns mit Jonathans Hilfe gelungen, einen Lastwagenfahrer, der mit seinem Baustellen-Lkw dringend nach Indianapolis musste, zu überreden, uns alle auf der Ladefläche mitzunehmen. Eine wahre Tortur, die kein Ende nehmen wollte, obwohl es normalerweise bei rund 150 Meilen nur etwa drei Autostunden sind. Aber der Wagen musste immer wieder Hindernissen durch liegengebliebene Fahrzeuge oder aufgerissene Straßendecken ausweichen, sodass wir fast einen ganzen Tag brauchten. Als wir irgendwann von der Ladefläche kletterten, konnten wir uns kaum noch bewegen, weil uns alle Knochen weh taten. Trotzdem waren wir noch fast zwei Stunden zu Fuß bis nach Hause unterwegs. Als wir dort ankamen, traf uns fast der Schlag. Teile vom Dach waren nicht mehr vorhanden und die Eingangstür sowie die Fenster zertrümmert. Buchstäblich das ganze Haus war ausgeräumt worden. Möbel, Kleider, Schmuck, Küchengeräte, Geschirr, unsere Vorräte für Essen und Trinken, alles bis auf ein paar Kleinigkeiten war spurlos verschwunden. Unsere Nachbarn haben uns erzählt, dass schon kurz nach der Katastrophe marodierende Banden durch die Gegend gezogen seien und alle Häuser, bei denen die Bewohner nicht anwesend waren, ausgeräumt hätten. Auf meine Frage, ob sie denn nicht die Polizei gerufen hätten, haben sie nur abgewinkt und uns erklärt, dass das Chaos, das in der ersten Zeit geherrscht habe, selbst von einer ganzen Armee nicht zu bewältigen gewesen wäre. Immerhin haben sie uns wenigstens mit dem Allernotwendigsten ausgeholfen. Natürlich nur ausrangierte oder defekte Möbel und Kleider und etwas zu Essen und zu Trinken. Auch ein altes Radio, einen Fernseher und sogar ein älteres Smartphone haben wir bekommen, sodass wir uns wenigstens wieder informieren und Kontakt mit den anderen Verwandten und Bekannten aufnehmen konnten, allerdings nur stundenweise am Tag, soweit die Stromversorgung und die anderen Netze funktionierten."

Buck unterbrach Glinda und erwähnte, dass sie sich gleich am nächsten Tag bei der Stadtverwaltung melden mussten, um Versorgungsgutscheine für Nahrung und sonstigen Bedarf zu erhalten. „Alles war streng rationiert, aber zum Glück waren wir schon während der Zeit bei den Amischen auf Engpässe und Notsituationen halbwegs eingestellt. Ich bin dann mit den Enkelsöhnen durch die Gegend auf der Suche nach Baumaterial, also Bretter, Schauben, Nägel und alles, was wir ansonsten gebrauchen konnten, um wenigstens das Dach provisorisch zu reparieren und Türen und Fenster wieder dicht zu bekommen. Zum Glück arbeitete ich noch aushilfsweise in einem Unternehmen für Baumaschinen, sodass uns auch hier viel Hilfe und Unterstützung zuteil wurde. Aus meinem Aushilfsjob als Rentner ist sehr schnell wieder ein Fulltimejob rund um die Uhr geworden, weil buchstäblich jeder Arbeitsfähige gebraucht wurde, um so schnell wie möglich wieder eine funktionierende Infrastruktur zu schaffen.

Über die Medien haben wir schließlich erfahren, dass nicht nur bei uns, sondern auf dem kompletten Planeten gewaltige Zerstörungen zu verzeichnen seien, die kein einzelnes Land in der Lage wäre, alleine zu bewältigen. So werde man für eine bestimmte Zeit eine Art Weltregierung ins Leben rufen, um die globalen Folgen der gewaltigen Naturkatastrophe nach einvernehmlich abzustimmenden Prioritäten zu lösen."

„Ja, und an die Spitze dieser Weltregierung gelangte dann Arthur Malbourg, ein mächtiger Industriekapitän, im wahrsten Sinne des Wortes", warf Rayko ein. „Als Eigentümer einer Flotte von Tank- und Kreuzfahrtschiffen schwamm er zu normalen Zeiten praktisch im Geld und führte bis dahin eigentlich nur ein luxuriöses Jetset-Leben, sah blendend aus und vernaschte die Frauen gleich reihenweise."

„Nicht nur das, Papa", pflichtete ihm Ronald bei, „außerdem war er auch an zwei internationalen Fluggesellschaften beteiligt. In der weltweiten Notlage also allerbeste Voraussetzungen, mit seinen Schiffs- und Luftflotten und den damit verbundenen Treibstoffvorräten die Weltherrschaft ergreifen zu können."

„Richtig", erwiderte Rayko. „Um ehrlich zu sein, ich habe früher eigentlich nie etwas von ihm gehalten. Mir kam er immer wie ein im Reichtum degenerierter Schnösel vor, wobei ich mich aber auch grundsätzlich nie besonders für diese Jet-Set-Gesellschaft interessiert habe. Aber sein Name und sein Imperium waren mir natürlich ein Begriff. Mir scheint allerdings, dass er in dieser weltweiten Krise ein wahrer Segen für die Menschheit war. Ich bin davon überzeugt, dass der Wiederaufbau ohne ihn nicht nur viel länger gedauert hätte, sondern auch nie so gut verlaufen wäre, bis auf ..."

„Danke für deinen Beitrag, Rayko", unterbrach ihn Gandolf, „wir kommen mit Sicherheit noch einmal darauf zu sprechen, aber wir sollten Glinda und Buck erst noch zu Ende erzählen lassen."

„Natürlich. Entschuldigung Buck, dass ich dich unterbrochen habe."

„Kein Problem, denn ich sehe das genau so wie du. Nur wird mir jetzt erst richtig klar, wer da weltweit die Fäden gezogen hat, denn wir bekamen irgendwann nur die Nachricht, dass sich alle erwachsenen Bürger des Staates Indiana zu einem bestimmten Termin in vorgegebenen Versammlungsstätten einzufinden hätten und dass eine Teilnahme für jeden verpflichtend sei. Ausgewählt dafür wurden in Abhängigkeit vom jeweiligen Ort und der Teilnehmerzahl in der Regel Hallen, Kirchen, Schulen, Rathäuser oder Kliniken. Dort waren überdimensionale Videoleinwände aufgebaut. In einer Live-Übertragung aus dem Weißen Haus erklärte der Vizepräsident in einer Ansprache an alle US-Amerikaner, dass das weltweit herrschende Chaos, ausgelöst durch Naturkatastrophen in einem bisher nie gekannten Ausmaß, auf allen Kontinenten und in allen Ländern die sofortige Umsetzung aufeinander abgestimmter Notstandsregelungen bedürfe, die nur von einer global agierenden Notstandsregierung unter der Führung von Arthur Malbourg, mit nationalen Stützpunkten in den einzelnen Ländern, umgesetzt werden könne. Die bisherigen Regierungen würden mit sofortiger Wirkung ihrer Aufgaben entbunden werden. Da ein Großteil der landesweiten Bevölkerung ihr ganzes Hab und Gut verloren hätte, müssten bis auf Weiteres auch die jeweiligen Landeswährungen als Zahlungsmittel außer Kraft gesetzt und durch ein System von Versorgungsscheinen ersetzt werden, die in einigen Regionen bereits jetzt schon verteilt würden. Man werde mit diesem System sicherstellen, dass jeder Bürger im Rahmen der verfügbaren Ressourcen zumindest mit dem Allernotwendigsten versorgt werden könne. Zudem sei es erforderlich, dass sich alle arbeitsfähigen Einwohner, unabhängig von ihrem Lebensalter, für einen unentgeltlichen Einsatz zum schnellstmöglichen Wiederaufbau des Landes zur Verfügung stellen müssten, der aber in Abhängigkeit von der Arbeitsfähigkeit, dem Lebensalter und dem Familienstand mit einem Bonussystem honoriert werde und so jedermann in die Lage versetze, mit entsprechendem Einsatz seine Versorgungssituation zumindest zu verbessern. Jeder, der sich den ab sofort geltenden Notstandsmaßnahmen widersetze, müsse mit schwerwiegenden Konsequenzen rechnen. Man werde sicherstellen, dass jeder erwachsene Bürger des Landes über alle Medien schnellstmöglich umfassende Informationen zu den geltenden Notstandsregelungen mit entsprechenden Erläuterungen erhalte."

Buck überlegte ein paar Sekunden und fuhr dann fort. „Was soll ich noch sagen, unter normalen Umständen hätte es vermutlich einen Volksaufstand gegeben, aber das war nicht der Fall. Alle blieben erstaunlich ruhig und gefasst. Bei vielen hatte ich sogar den Eindruck, dass sie erleichtert waren. Erleichtert deshalb, weil uns allen wohl diese Situation als ausweglos erschien. Erleichtert auch, weil fast alle politisch Verantwortlichen gleich nach der Katastrophe wie vom Erdboden verschluckt waren, und auch erleichtert, weil hier erstmals ein plausibel erscheinender Ausweg aus dem weltweiten Dilemma aufgezeigt und ein Gemeinschaftssinn wiederbelebt wurde. Jedenfalls erwies sich das Notstandssystem auf Anhieb als überaus erfolgreich, denn weitaus schneller und reibungsloser als man es sich hätte vorstellen können, verlief tatsächlich der Wiederaufbau. Mit Sicherheit deswegen, weil in dieser Notgemeinschaft alle am gleichen Strick gezogen und sich gegenseitig geholfen und unterstützt haben. Es war eine großartige Zeit, auch wenn das hier keiner verstehen sollte."

„Und ob wir das verstehen, denn bei uns war es doch im Prinzip ganz genau so", rief Osman in die Runde, unterstützt von lautstarker Zustimmung aller Anwesenden.

Buck nickte. „Ich stimme dir zu, Osman, aber das ging nur bis zu einem gewissen Punkt gut, denn wir bekamen über die Medien und die offiziellen Vertreter derjenigen, die für die Umsetzung der Notstandsregelungen verantwortlich waren, immer wieder zu hören, wie segensreich für alle doch ihre Arbeit sei und dass dies in erster Linie Arthur Malbourg zu verdanken wäre."

„Stopp, Buck, ich weiß, auf was du jetzt zu sprechen kommen willst, aber ich denke, für heute sollten wir es dabei belassen und uns übermorgen weiter darüber unterhalten. Morgen werden wir uns alle eine kleine Erholungspause gönnen. Bodo und Lilith haben vorgeschlagen, mit euch eine kleine Expedition durchs dunkle Tal zu machen."

Glinda schüttelte den Kopf. „Wie bitte, ihr wollt uns durch ein dunkles Tal schleppen? Eine Art Nachtwanderung? Nein, danke, ohne mich."

Gandolf lächelte. „Hast du etwa Angst im Dunkeln, Glinda? Keine Sorge, so finster ist es dort überhaupt nicht. Ich bin ganz sicher, dass es euch allen gefallen wird."

„Also gut", stöhnte Glinda, „ich will ja kein Spielverderber sein, aber bitte nicht zu lange und nicht zu weit, denn ..."

„Ich weiß, was du sagen willst", grinste Gandolf. „Ihr Amerikaner habt es einfach nicht so mit dem zu Fuß gehen, aber auch das gehört nun mal zu unserem Programm. Wir treffen uns also alle morgen wieder, gleich nach dem Frühstück."

Kapitel 5: Im dunklen Tal

„Na, habt ihr alle gut geschlafen und kräftig gefrühstückt, damit ihr auch den Weg bis ins dunkle Tal schafft?", sagte Gandolf am nächsten Morgen und blickte fragend in die Runde. „Wunderbar. Ich werte jedenfalls euer Schweigen und ab und an ein verschlafenes Ja als uneingeschränkte Zustimmung, meine Lieben. Bodo wird unserer Truppe als Führer vorangehen und Lilith bitte am Schluss, denn im Tal ist es stellenweise so eng, dass wir nur im Gänsemarsch vorankommen. Auf geht´s."

Der Weg führte am See vorbei ein Stück den Hügel hinab, bis sie nach einer knappen Stunde den Einsteig ins dunkle Tal erreichten, der zwischen mächtigen Felsbrocken relativ steil nach unten führte, bis es allmählich immer dunkler und kühler wurde.

„Oh Mann, dieses Tal macht seinem Namen wirklich alle Ehre, und wenn wir so weitermachen, tappen wir bald alle im Dunkeln", schnaufte Buck, worauf alle in brüllendes Gelächter ausbrachen.

Auch Gandolf musste schmunzeln. „Keine Sorge, mein Lieber, nur noch ein paar hundert Meter, dann haben wir es geschafft. Fürs Erste zumindest, denn dort wird es hell genug sein, um eine kleine Pause einzulegen."

„Gegen ein kleines Nickerchen im Dunkeln wäre allerdings auch nichts einzuwenden", kicherte Mela, was vom Rest der Truppe mit einem unterdrückten Lachen quittiert wurde.

Etwa nach einem halben Kilometer weitete sich das enge Tal plötzlich. Auf beiden Seiten des nur noch unmerklich abfallenden Weges erstreckten sich relativ breite, moosähnlich bedeckte Flächen vor steilen Felswänden. Den Talweg säumten Pflanzen, Sträucher und Bäume, die lumineszierendes Licht in den schönsten Farbtönen ausstrahlten und das Tal in eine traumhafte Märchenkulisse verwandelten, untermalt von melodisch klingendem Gezwitscher, das exotische Vogelarten von sich gaben. Schöner und beeindruckender hätte selbst die prächtigste Theaterkulisse nicht sein können. Die Vögel zeigten keinerlei Scheu vor ihnen und näherten sich neugierig, ließen sich anfassen und streicheln, wobei einige sogar auf die Schultern hüpften, um ein Stück weit mitzumarschieren. Und beim gemeinsamen Picknick im Talgrund forderten sie auch ihren Teil.

„Hast du eine Erklärung für diesen merkwürdigen Beleuchtungseffekt bei den Pflanzen, Bodo?", fragte Mark.

„Nun, eure Biologen und Botaniker würden es wohl Biolumineszenz nennen. Von Glühwürmchen oder fluoreszierenden Quallen habt ihr vielleicht schon mal etwas gehört, und in den

USA gab es bereits Versuche mit lumineszierenden Tabak-pflänzchen. Doch hier ist das alles schon lange Realität."

Rayko schaltete sich in die Unterhaltung ein. „Sehr interessant, das wusste ich ja gar nicht. Ich stelle mir gerade vor, wie toll es wäre, wenn man auf der Erde die konventionelle Beleuchtung durch derartige Pflanzen umweltgerecht ersetzen könnte."

„Ein guter Gedanke. Auch wenn sich sogar schon auf der Erde einige Forscher den Kopf darüber zerbrochen und intensiv daran gearbeitet haben, solltest du es trotzdem im Hinterkopf behalten."

„Und wozu sollte das gut sein? Ich bin zwar von Beruf Elektroingenieur, aber von Bioelektrik, um es mal so zu nennen, habe ich keinen blassen Schimmer. Außerdem, selbst wenn, wüsste ich beim besten Willen nicht, wo man ein derart spezielles Wissen nutzbringend anwenden könnte? Auf der Erde bin ich ja nicht mehr, und hier funktioniert es schließlich auch ohne mich."

„Abwarten und Tee trinken", sagte Gandolf und reichte Rayko schmunzelnd einen gefüllten Becher. „Versuch mal diese Sorte, denn der Tee ist aus verschiedenen Pflanzensorten hier im dunklen Tal gemacht worden."

„Wie sieht es jetzt eigentlich dort unten auf der Erde aus? Das würde mich schon sehr interessieren, aber von hier oben bekommen wir ja leider nichts mit", sagte Steffen. „Es ist fast so, also wären wir auf einer einsamen Insel mitten im Meer, auch wenn es eine wunderschöne Insel ist, auf der ich es durchaus für den Rest meines Lebens mit Becca und euch allen aushalten könnte."

„Abwarten und Tee trinken", wiederholte Gandolf geheimnisvoll und reichte auch Steffen einen Becher.

Osman stupste Sarah an und flüsterte ihr ins Ohr. „Was meint er denn bloß mit dieser komischen Bemerkung?"

„Es ist noch zu früh, euch darauf eine Antwort zu geben", erwiderte Gandolf, „aber ich verspreche euch, auch das werdet ihr noch erfahren. Doch erst dann, wenn ihr alle den gleichen Wissens- und Kenntnisstand über das Schicksal eures Heimatplaneten Erde habt. Und damit werden wir uns in nächster Zeit noch sehr intensiv beschäftigen."

„Gleich morgen?", fragte Daciano, den die Neugier wohl am Heftigsten plagte, weil er in großer Sorge um seine Freundin war, die er noch dort unten vermutete.

Gandolf schüttelte den Kopf. „Nein, Daciano, wir wollen zuerst noch Glinda und Buck ihre Geschichte zu Ende erzählen lassen. Und dein Vater soll schließlich auch noch Gehör finden. Aber ich kann dich beruhigen, deiner Freundin geht es gut. Sie ist übrigens auch hier auf 1f, allerdings in einer anderen Region."

„Oh Mann, das ist ja wunderbar. Sag mir bitte, wo sie ist, damit ich zu ihr gehen kann. Jetzt gleich."

Wieder schüttelte Gandolf den Kopf. „Nein, Daciano, das ist nicht möglich und auch so nicht vorgesehen, aber ich verspreche dir, ihr werdet euch schon bald wieder begegnen."

„Wann und wo, Gandolf? Aber sag jetzt bitte nicht: Abwarten und Tee trinken!"

„Nein, mein Junge, ich sage jetzt dazu gar nichts mehr. Du musst einfach noch lernen, deine Ungeduld etwas zu zügeln. Freu dich lieber darüber, dass sie noch lebt und dass es ihr gut geht." Dann klatschte er in die Hände und bat die kleine Expeditionstruppe zum Aufbruch, die knapp zwei Stunden später ihren Ausgangspunkt bei der Siedlung wieder erreichte.

Kapitel 6: Zurück am Emporium

Glinda und Buck berichteten am nächsten Tag, wie reibungslos in Indianapolis nach ihrer Rückkehr aus Nappanee der Wiederaufbau funktioniert hatte. „Schon bald gab es wieder Strom, wenn auch nur stundenweise und noch nicht im notwendigen Umfang, aber es reichte aus, um wenigstens wieder ein halbwegs geordnetes Leben führen zu können", erläuterte Buck. „Auch Busse, Bahnen und der Straßenverkehr kamen jeden Tag besser ins Laufen, sodass auch wieder eine ausreichende Mobilität und Versorgung der Bevölkerung möglich war. Vor allem wurde seitens der für den Wiederaufbau Verantwortlichen all denen, die wegen ihres Alters, ihrer Gesundheit oder sonstiger Einschränkungen alleine nicht hätten überleben können, in sehr großzügiger Art und Weise geholfen, oft auch ohne von ihnen eine Gegenleistung zu verlangen. Und darüber wurde immer wieder in allen Medien berichtet."

„Ja, aber du musst auch erwähnen, in welcher Form das geschah" ergänzte Glinda. „Diese selbstlose Hilfe sei einzig und allein auf das segensreiche Wirken von Arthur Malbourg und der von ihm geleiteten Notregierung zurückzuführen, die sich im Gegensatz zu dem von allen Gläubigen vergeblich um Hilfe angeflehten lieben Gott ihrer Verantwortung in wahrer Nächstenliebe gestellt habe, hieß es immer wieder. Spätestens jetzt müsse die Menschheit begreifen, welchem gefährlichen Irrglauben man aufgesessen sei. ‚Beten und auf göttliche Wunder in der Not zu hoffen, ist nicht nur dumm, sondern verantwortungslos den Hilflosen und Bedürftigen gegenüber. Darum werde ich diesem Götzenkult in meinem grenzenlosen Einsatz für das wahrhaft Gute künftig ein Ende setzen', so hatte sich Malbourg in einer weltweit ausgestrahlten Fernsehsendung wörtlich ausgedrückt. Dieser Satz hat sich für immer in mein Gedächtnis eingebrannt, weil ich eine gläubige Christin aus Überzeugung bin und darüber entsetzt war. Und dann lief allmählich eine unglaubliche Hetzkampagne gegen das Christentum an. Immer wieder war von Not, Leid und Elend im Namen Gottes zu hören und zu lesen, von den schrecklichen Hexenverbrennungen im Mittelalter, von den grausamen und blutigen Kreuzzügen, von Missbrauchsskandalen der Kirchenvertreter und was weiß ich noch alles. All das hat es ja tatsächlich gegeben, aber all das wurde doch von den Menschen verursacht und nicht von Gott. Ich versuchte, dem wenigstens bei Verwandten, Freunden, Nachbarn und Bekannten durch entsprechende Hinweise und Erklärungen ein bisschen entgegenzuwirken, doch ich fand immer weniger Gehör, weil Malbourgs Saat jeden Tag mehr aufging. Wut und Hass gegen Gott und alle Gläubigen griffen rasend schnell um sich. Buck und ich wurden immer mehr gemieden. Er bekam es auf der Arbeit zu spüren und ich zum Beispiel beim Einkaufen, bei Arztbesuchen oder bei Handwerkern, auf die wir vergeblich warteten, wenn mal am Haus etwas zu installieren oder zu reparieren war. Irgendwann stand Buck vor der Tür und sagte, dass man ihm gekündigt habe. An unserem Haus wurden Hassparolen an die Wände geschmiert und Fenster eingeworfen. Der Terror gegen uns und andere Christen in unserer Nähe wurde jeden Tag schlimmer. Wir wurden regelrecht verfolgt und bedroht, fast so wie die Juden zur Zeit des Dritten Reiches in Deutschland. Irgendwann haben wir es dann nicht mehr ausgehalten und unsere Koffer mit dem Notwendigsten gepackt. Wir wollten fliehen, bevor es zu spät dafür war, und unsere Hoffnung setzten wir auf Jonathan und Eliza bei den Amischen in Nappanee. Sie hatten uns beim Abschied damals schon versichert, dass wir jederzeit zu ihnen kommen könnten, falls wir mal Hilfe brauchen sollten. Und das brauchten wir jetzt wirklich.

Als wir uns ihrer Farm näherten, lag eine unheimliche Stille über dem Anwesen. Das Farmhaus und die Stallungen waren komplett niedergebrannt. Alles Vieh lag tot in seinem Blut. Jonathan und Eliza waren nirgends zu finden. Allerdings stand die Bergkapelle noch unversehrt da. In großer Schrift war dort aufgemalt ‚In Gottes Namen'. Ich ... ich ...", stotterte Glinda und brach ihre Erzählung schluchzend ab, weil sie nicht mehr in der Lage war, weiterzureden. Während sie sich verstohlen die Tränen aus den Augen wischte, ergriff Buck für sie das Wort.

„Ich ahnte Schlimmes und bat Glinda, vor der Kapelle auf mich zu warten, während ich an allen Gliedern zitternd förmlich hineinschlich. Was ich dann sah, war an Grausamkeit nicht zu überbieten. Dieses Bild hat sich für immer in mein Gedächtnis eingebrannt. Im Innern der Kapelle waren zwei Holzkreuze errichtet worden, an denen die schon halb verwesten Leichen von Eliza und Jonathan hingen. Man hatte die beiden tatsächlich gekreuzigt wie damals Jesus Christus. Sie müssen schrecklich gelitten haben. Ich fiel hemmungslos heulend in die Knie und versuchte, für sie zu beten, aber es gelang mir nicht. Dann bin ich wieder hinaus und habe Glinda so gut es ging auf den Anblick vorbereitet, weil ich die beiden wenigstens vom Kreuz abnehmen und sie neben der Kapelle beerdigen wollte. Aber dazu brauchte ich Glindas Hilfe. Irgendwie gelang es uns beiden auch, aber nur unter extremer Überwindung unserer Abscheu vor den verfaulten Leibern.“

Auch Buck war offenbar nicht mehr in der Lage, weiter zu erzählen und starrte Gandolf wie versteinert an, worauf dieser das Wort ergriff. „Ich verstehe, dass auch dir die schreckliche Erinnerung die Stimme verschlägt, so wie sie dir auch in der Kapelle beim Gebet versagt hat. Ich möchte dieses Gebet daher jetzt in deinem Namen sprechen.“ Seine Worte waren sehr berührend. Sichtlich ergriffen hörte die kleine Gemeinschaft ihm zu.

Buck gab sich schließlich einen Ruck und fuhr fort. „Glinda und ich wussten zwar nicht, warum das alles geschehen war, wir beschlossen aber, dennoch hier zu bleiben, weil es uns auf der abgelegenen Farm einfach sicherer erschien als in der Stadt. So fuhren wir am nächsten Morgen nach Nappanee zum Einkaufen. Dort kannte man uns sogar noch, ließ uns aber im Gegensatz zu unserem ersten Aufenthalt spüren, dass wir überhaupt nicht willkommen seien. Auch auf unsere Fragen nach dem schrecklichen Mord an Eliza und Jonathan erhielten wir nur knappe Antworten wie ‚Selber schuld, dieses Christenpack‘ oder ‚Fragt nicht und verschwindet von hier, bevor es euch genau so geht‘. Wir hätten auf der Farm der Amischen ohnehin nichts verloren, meinte ein anderer, und ein Einkauf wurde uns kaltherzig verweigert."

„Und was habt ihr dann gemacht?", fragte Giovanni.

„Wir waren wie vor den Kopf geschlagen, sind wortlos ins Auto gestiegen und zurück zur Farm gefahren. Wo hätten wir auch sonst hin sollen? Dort haben wir uns dann vergeblich beratschlagt und daher beschlossen, zumindest noch zwei oder drei Tage zu bleiben, bis uns eine Lösung einfallen würde. Auf der Suche nach etwas Essbaren haben wir dann hinter der Kapelle in einem kleinen Holzverschlag, in dem Gartengeräte lagerten, eine Luke im Boden entdeckt, die den Eingang zu einem kleinen Keller verschloss, in dem Essensvorräte, also Würste, Käse, Mehl, Kartoffeln und jede Menge selbst gemachter Saft relativ kühl lagerten. Eine Art unterirdischer Kühlschrank, den Jonathan wohl in weiser Voraussicht gefüllt hatte, auch wenn er und Eliza nichts mehr davon haben sollten. Das würde jetzt aber für uns beide auf jeden Fall eine ganze Weile zum Überleben reichen. Also beschlossen wir, vorerst noch länger zu bleiben, bis sich eine Alternative finden würde. Nach Indianapolis wollten wir auf keinen Fall zurück, weil uns das noch gefährlicher erschien."

Glinda nickte. „Ja, und so vergingen für uns wenigstens ein paar relativ friedliche Tage, sodass wir uns entschlossen, unser Glück noch einmal in Nappanee zu versuchen. Die Drohungen gegen uns nahmen dort allerdings eine neue Dimension an. Wir seien hier nur geduldet, wenn wir dem Glauben an einen Gott auf der Stelle beim Sheriff abschwören und das auch schriftlich bekunden würden, sonst könne man für unsere Sicherheit nicht garantieren. Wir waren empört über einen derartigen Erpressungsversuch und fuhren sofort wieder auf die Farm zurück. Buck war in großer Sorge und sagte, dass wir schnellstmöglich von hier verschwinden müssten. ‚Gleich morgen früh packen wir zusammen und machen uns auf den Weg, Glinda‘, hat er zu mir gesagt, aber auf meine Frage nach dem Wohin wusste er auch keine Antwort und meinte, dass wir es mal in Richtung Lake Michigan versuchen sollten, um von dort mit dem Schiff nach Norden, in Richtung Kanada, zu fahren. Vielleicht würde sich ja dort irgendwo für uns eine ruhigere und friedlichere Region finden. Doch so weit kam es nicht mehr, denn mitten in der Nacht wurden wir durch Motorenlärm, Hundegebell und hasserfülltes Gebrüll geweckt. Als wir vor die Kapelle traten, standen wir plötzlich im grellen Scheinwerferlicht von ein paar Pick Ups, von deren Ladeflächen vermummte Gestalten sprangen, die mit Gewehren, Pistolen und Schlagstöcken bewaffnet waren.

‚Treibt die beiden zurück in die Kapelle und verrammelt die Tür. Und dann werden wir dieses Götzenhaus abfackeln samt Inhalt, mal sehen, ob sie von ihrem angeblichen Schöpfer gerettet werden‘, hörten wir eine Stimme sagen, vermutlich ihr Anführer. Und dann kamen sie den kleinen Hügel herauf und trieben uns Stück für Stück Richtung Eingang zur Kapelle. Buck und ich haben am ganzen Körper gezittert und Stoßgebete zum Himmel geschickt, und dann ...“ Glinda brach plötzlich ab, schüttelte den Kopf und starrte ins Leere.

„Was geschah dann? Bitte erzähl weiter“, forderten einige der Anwesenden Glinda auf.

Buck schaltete sich ein. „Man kann das mit Worten kaum beschreiben, denn urplötzlich wurden wir von einem starken

Sog nach oben erfasst. Es war, als würden wir beide von einem riesigen Staubsauger Richtung Himmel weggesaugt werden."

„Und dann, was geschah dann?", fragte Rosa.

Buck zuckte die Schultern. „Keine Ahnung, um ehrlich zu sein, denn wir verloren plötzlich die Besinnung und sind irgendwann im Schlafzimmer von unserem kleinen Siedlungshaus hier aufgewacht, gerade so, als hätte uns ein schrecklicher Traum aus dem Schlaf geweckt. Tja, und dann ging´s auch gleich mit Gandolf hierher. Den Rest kennt ihr ja alle", beendete er die Geschichte.

Fast schlagartig kam es zu erregten Kommentaren von allen Seiten. „Ja, so war es!", „Fast wie bei uns!" oder „Ihr auch?" war zu hören. Die kleine Gemeinschaft war kaum mehr zu beruhigen.

Gandolf wartete geduldig, bis sich die Anspannung etwas gelöst hatte. Etwa nach einer Viertelstunde klatschte er in die Hände und sagte: „Darf ich noch mal um eure Aufmerksamkeit bitten. Ich verstehe zwar sehr gut, dass jeder von euch auch von seinen eigenen Erfahrungen berichten möchte, aber dann müssten wir wohl noch tagelang hier verbringen. Deshalb schlage ich vor, heute nur noch Giovanni und Osman zu Wort kommen zu lassen. Ich möchte die beiden bitten, sich im Wesentlichen nur auf die Zeit unmittelbar vor ihrer Entrückung zu beschränken, sonst sitzen wir trotzdem noch die halbe Nacht hier. Und Giovanni sollte am besten den Anfang machen, weil er uns ja schon vom Einsturz des Mailänder Doms erzählt hatte. Von da an, Giovanni, aber bitte dabei nicht allzu sehr ins Detail gehen."

Giovanni nickte. „Gerne. Ich bin ohnehin kein Freund von langen Reden. Ich habe also nach der Zerstörung am Domplatz versucht, in mein Hotel zu kommen, aber auch das war nur noch ein Haufen Schutt und Asche, sodass ich nicht nur mein Gepäck, sondern auch mein Auto in der Tiefgarage abschreiben musste, aber das hätte mir ohnehin nichts mehr genützt, denn die Straßen sahen aus wie nach einer Bombenexplosion. Ich hatte zwar noch meine Brieftasche in der Jacke, aber auch die nützte mir herzlich wenig. Mein Smartphone muss ich irgendwo verloren haben, doch selbst das war in dieser Notsituation kein echter Verlust. Mein Ziel war, so schnell es geht, Kontakt zu meiner Familie in Deutschland aufzunehmen. Sarah und meine drei Jungs, aber sicherlich auch meine Eltern und Geschwister, würden sich sicher große Sorgen um mich machen. Ich wusste zu der Zeit ja noch nicht, dass es in Deutschland auch nicht besser aussah. Wie ein Verrückter bin ich durch die Stadt geirrt auf der vergeblichen Suche nach einem intakten Telefon. Auch der Fußmarsch zum Bahnhof war umsonst, genau so wie der weite Weg zum Flughafen. Ich fühlte mich in dieser völlig zerstörten Millionenstadt so verlassen wie auf einer einsamen Insel. Am Flughafen habe ich mir dann irgendwo in einer der Hallen einen Unterschlupf für die Nacht gesucht, und am nächsten Morgen habe ich mich dann entschlossen, den Weg …"

„Stopp, Giovanni", unterbrach ihn Gandolf, „du solltest dich einfach etwas kürzer fassen."

„Entschuldigt bitte, aber wenn man am Erzählen ist, fallen einem auf einmal tausend Sachen ein. Doch ab jetzt geht´s weiter im Telegrammstil. Ich entschied mich, ohne lange darüber

nachzudenken, zu Fuß in Richtung Schweizer Grenze weiterzu-
laufen, also nach Norden in Richtung Como. Ich hab's tatsächlich nach ein paar Tagen bis dorthin geschafft. Von dort lief ich
weiter Richtung Lugano. Ich weiß wirklich nicht mehr, wie
lange ich unterwegs war, meistens zu Fuß, aber auch mal auf
dem Anhänger eines Traktors oder Heuwagens. Zum Glück
waren einige Verkehrsverbindungen wieder nutzbar, weil es in
der Alpenregion nur relativ wenig Zerstörungen gab, während
ansonsten überall gewaltige Schäden zu sehen waren. Ich kürze
das Ganze noch weiter ab. Irgendwann, nach einer gefühlten
Ewigkeit, bin ich tatsächlich wieder zu Hause angekommen,
mit völlig zerschlissenem Anzug, langen Haaren und einem
Vollbart. Völlig ungepflegt und damit auch völlig ungewohnt
für diejenigen, die mich kennen. Sarah wollte mich zuerst gar
nicht ins Haus lassen, weil sie im ersten Moment glaubte, einen
Penner vor sich zu haben, als ich vor der Tür stand. In unserer
Heimatstadt war zwar auch sehr viel zerstört worden, aber zum
Glück wohnen wir etwas außerhalb, sodass unser Wohnhaus,
die Werkshallen, Baumaschinen und Fahrzeuge wenigstens
zum Teil verschont blieben.

Auch hier lief der Wiederaufbau zügig an, wobei ich mit
meinem Betrieb alle Hände voll zu tun hatte, zunächst zumindest. Die von Buck geschilderte Christenverfolgung, ich nenne
es jetzt einfach mal so, ließ aber auch bei uns nicht lange auf
sich warten. Und da alle in unserer Familie christlich geprägt
sind, bekamen auch wir die Auswirkungen jeden Tag mehr zu
spüren. Unsere Firma wurde bei der Vergabe von Aufträgen
immer öfter übergangen, unseren Arbeitern wurden in anderen
Betrieben bessere Möglichkeiten geboten und es gab auch Sa-
botage an Maschinen und Geräten. Unsere drei Jungs wurden

gemobbt, bedroht und vieles andere mehr. Eines Nachts brannte unser Haus lichterloh. Wir konnten uns zwar noch ins Freie retten, aber dort warteten schon vermummte Gestalten auf uns, mit Kampfhunden an der Leine, die sie gleichzeitig losmachten und auf uns hetzten. Und genau in diesem Moment wurden auch wir vor ihren Augen nach oben katapultiert, sage ich mal, weil ich den richtigen Ausdruck dafür wieder vergessen habe."

„Entrückt heißt es", erklärte ihm Gandolf.

„Entrückt oder verrückt, ich vermag den Unterschied dafür nicht zu erkennen, und eine logische Erklärung dafür gibt´s ja wohl auch nicht, oder?"

„Oh doch, die gibt es schon, aber die muss ich euch leider noch etwas vorenthalten."

„Und warum? Entschuldige bitte, aber hältst du das für richtig, uns alle bei unseren Fragen immer wieder im Ungewissen zu lassen? Vielleicht ist das alles ja auch nur ein böser Traum, aus dem ich hoffentlich bald wieder in meinem normalen Leben erwache."

Gandolf schüttelte den Kopf. „Nein Giovanni. Ich versuche es dir mal an einem Beispiel zu verdeutlichen. Du kannst einem Schüler nicht die höhere Mathematik verständlich machen, wenn er die Grundrechenarten nicht beherrscht."

„Das war wohl bei den meisten von uns trotz Grundkenntnissen vergeblich", konterte Giovanni trocken.

Grinsend erwiderte Gandolf: „Wenn ich so in die Runde blicke, sehe ich tatsächlich zustimmendes Nicken bei einigen anderen. Ich nehme daher mal in eurem Interesse an, dass ihr alle nur schlechte Mathelehrer hattet."

„Und genau das hatten wir früher unseren Eltern vergeblich zu erklären versucht, wenn wir mit unseren Zeugnissen heimgekommen sind", schob Ronald nach.

Brüllendes Gelächter von allen Seiten.

„Lasst uns jetzt bitte weitermachen", sagte Gandolf. „Ich verspreche euch, ihr werdet lückenlos über das, was ihr erlebt habt und die Hintergründe dafür, informiert werden, aber zu gegebener Zeit. Wir haben von Glinda, Buck und auch von Giovanni gehört, dass unter Malbourgs Notregierung eine systematische Christenverfolgung stattgefunden hat, jedenfalls dann, als die größten Schäden beseitigt und die Not der Bevölkerung gelindert waren. Doch wie war das eigentlich bei anderen Religionen, beispielsweise beim Islam? Auf diese Frage kann uns sicher am besten ein Moslem eine Antwort geben. Darf ich dich daher bitten, Osman?"

Osman nickte und begann zu erzählen. „Ich bin zwar Angehöriger des Islam und sicherlich auch ein Gottesgläubiger, aber ich habe es mit einigen religiösen Vorschriften und Einschränkungen nicht allzu ernst genommen, zumindest nicht, nachdem ich als ein in der Türkei geborener Junge nach Deutschland kam und dort aufgewachsen bin. Ich habe manchmal auch Schweinefleisch gegessen, zum Beispiel, wenn ich in der Schule Hunger hatte und mir einer der Mitschüler ein mit Wurst belegtes Pausenbrot gab. Auch im Fastenmonat Ramadan sah ich vieles nicht zu eng, weil ich einfach nicht verstehen konnte, warum ich als Moslem fasten sollte, während meine deutschen

Kameraden nach Herzenslust aßen und Süßigkeiten naschten. Auch nachdem ich Halise geheiratet hatte, war von Anfang an für mich klar, dass sie nie ein Kopftuch tragen sollte, und das gilt auch für meine Tochter Canset.

Nachdem sich diese weltweite Naturkatastrophe ereignet hatte und jedermann für den Wiederaufbau gebraucht wurde, blieben wir zunächst in Deutschland, jedenfalls so lange, bis es wieder möglich war, in die Türkei zu reisen. Halise und ich wollten unbedingt zu unseren Familien in der Nähe von Izmir zurück und dort mithelfen. Aufgrund der Christenverfolgung fühlten wir uns als halbechte Moslems, wenn ich das mal vorsichtig umschreibe, zudem auch in Deutschland nicht mehr so richtig sicher.

In der Türkei war der Wiederaufbau noch nicht so weit fortgeschritten, sodass wir dort mit offenen Armen empfangen wurden. Weil ich in Deutschland ein Restaurant geführt hatte, konnte ich in einer Versorgungseinheit für zwangsverpflichtete Wiederaufbauhelfer mitarbeiten. In der damaligen Notsituation bot sich so auch eine optimale Versorgungsmöglichkeit für mich und meine Familie.

Auch in der Türkei leben Christen, wenn auch nur eine kleine Minderheit, und als die dort diskriminiert und verfolgt wurden, hat sich kaum ein Türke darüber aufgeregt. Vielmehr flammte der Jahrhunderte alte Hass zwischen beiden Religionen wieder richtig auf. Einige haben sich sogar am Leid der hilflosen Menschen ergötzt. Ich empfand es als abartig, sah aber selbst keine Möglichkeit, etwas daran zu ändern. Heimlich habe ich zwar dem einen oder anderen zur Flucht verholfen oder ihm einen halbwegs sicheren Zufluchtsort vermittelt, aber mehr konnte ich nicht tun, um meine eigene Familie und mich selbst nicht damit in Gefahr zu bringen.

Irgendwann begannen dann auch Hetzkampagnen gegen Andersgläubige, und damit auch gegen Moslems, was natürlich bei der weitaus größeren Zahl türkischer Moslems im Verhältnis zu den Christen in Deutschland von Malbourgs Schergen nicht ganz so einfach und auch nicht so schnell umzusetzen war. Aber letztlich gelang es ihnen doch, und die Gefahren für Leib und Leben wurden damit für uns alle immer größer. Nur diejenigen, die jeglichem Glauben abschworen, waren sicher, aber nur dann, wenn sie sich an den Hetz- und Verfolgungskampagnen gegen Gläubige selbst aktiv beteiligten. Einfach nur zu sagen, ‚ich glaube an keinen Gott', reichte irgendwann nicht mehr. Zufällig erfuhr ich von einem guten Freund, dass eine Gruppe von Christen die Türkei auf einem Frachtschiff heimlich verlassen und auf einer der vielen griechischen Inseln im Mittelmeer Unterschlupf finden wollte. Ich wollte diese Gelegenheit ebenfalls nutzen, um mit Halise sowie mit Canset und Akin mitzureisen. Also nahm ich über einen Mittelsmann Kontakt mit dem Kapitän auf. Ein hinterhältiger und brandgefährlicher Bursche, der mir zwar diese Möglichkeit einräumte, aber nur, wenn ich ihm dafür mein Anwesen und alles, was dazu gehört, überlassen würde. In meiner Not wusste ich mir nicht anders zu helfen und willigte schließlich ein. Als wir etwa zwei Wochen später nachts zum Schiff kamen, wurden wir mit anderen Mitreisenden in einen kleineren Laderaum gepfercht, sodass wir überhaupt nicht mitbekamen, was sich oben an Deck abspielte. Das Dröhnen der Schiffsmotoren dort unten war fast unerträglich. Wir waren noch keine halbe Stunde unterwegs, als es plötzlich einen ohrenbetäubenden Knall gab und in der Schiffswand plötzlich ein großes Loch klaffte, durch das Wasser in den Laderaum schoss. Mit letzter Kraft gelang es uns noch, an Deck zu klettern, das jedoch menschenleer war. Unweit von unserem Schiff, das mehr und mehr zu sinken begann, sahen wir ein anderes Schiff, auf dem unser Kapitän und seine Crew unserem sicheren Untergang tatenlos zusahen. Schlagartig wurde mir klar, dass dieser Gauner offenbar eine Sprengladung am Schiff angebracht hatte, die gezündet wurde, nachdem sie sich in Sicherheit gebracht hatten. Vermutlich hatte er allen blinden Passagieren ähnlich wie mir zuvor das letzte Hemd abgeknöpft und wollte mit unserem Tod alle Zeugen dafür mit einem Schlag eliminieren. Wir riefen verzweifelt um Hilfe, weil sich der Bug immer steiler ins Meer senkte und es nur noch Minuten dauern würde, bis das Schiff mit uns untergehen würde. Doch vom anderen Schiff, das einen grellen Scheinwerfer auf uns gerichtet hatte, drang nur höhnisches Lachen herüber. Und als unser Schiff dann fast senkrecht nach unten zu rauschen begann, ist es passiert, ich meine das Gleiche wie bei Glinda, Buck und bei Giovanni. Wir wurden nach oben durch die Luft gewirbelt und dann ... na ja, dann waren wir auf einmal hier." Osman schwieg und schaute Gandolf fragend an. „Soll ich noch ..."

Gandolf winkte ab. „Danke Osman, das genügt vollkommen. Es ist schon sehr spät und wir sollten jetzt alle schlafen gehen, denn morgen Vormittag wartet eine Überraschung auf euch."

„Das klingt echt gut. Ich liebe Überraschungen, und was für eine?", fragte Steffen.

Gandolf schmunzelte. „Wir werden eine kleine Schiffsreise machen."

„Eine Schiffsreise? Auf dem See?"

„Wo denn sonst, Steffen?"

„Aber ich habe dort noch kein Schiff gesehen, Gandolf. Und überhaupt, wohin soll denn die Reise gehen?"

„Auf eine Insel."

„Eine Insel, was denn für eine Insel?"

„Weist du, junger Mann", erwiderte Gandolf, „wenn ich dir das jetzt verraten würde, dann wäre es ja keine Überraschung mehr, die du doch so liebst. Und den Spaß möchte ich dir und den anderen auf keinen Fall verderben. Wir treffen uns also morgen nach dem Frühstück am Seeufer." Dann winkte er allen noch einmal zu und verließ das Emporium.

Kapitel 7: Insel der fremden Tiere

Als die kleine Siedlungsgemeinschaft am nächsten Morgen nach dem Frühstück zum See hinunterging, sahen sie schon von weitem eine schneeweiße Segelyacht am Ufer liegen.

Mela war begeistert. „Einfach toll sieht sie aus. Ich freue mich schon auf die Fahrt, denn ich war noch nie auf einem Segelschiff", sagte sie.

Mark nickte. „Ein Dreimaster vom Feinsten. Für so ein tolles Gerät müsstest du bestimmt ein halbes Vermögen hinlegen."

Ronald grinste. „Sehr interessant, ich wusste gar nicht, dass Mela so viel auf der hohen Kante hat."

„Blödmann", bekam er daraufhin von ihr zur Antwort, was sein Grinsen nur noch verstärkte.

Lilith, Bodo und Gandolf waren schon an Bord und winkten alle herauf, um auf den Sitzbänken an Deck Platz zu nehmen. Gandolf begrüßte sie und erläuterte, dass man für die Fahrt zur Insel etwa eine knappe Stunde benötigen werde. Auf der Insel sei ein Rundgang vorgesehen. Rechtzeitig vor dem Abendessen werde man aber wieder zurück sein.

„Daraus wird wohl nichts werden, Gandolf", meinte Buck.

„Und wieso nicht, wenn ich fragen darf?"

„Na ja, ich bin zwar kein Segelexperte, aber zum Segeln braucht man meines Wissens zumindest ein bisschen Wind, oder ...?"

„Richtig, Buck."

„Aber hier ist es völlig windstill. Nicht mal ein laues Lüftchen weht. Also Pustekuchen mit dem Segeln, oder?"

Gandolf schmunzelte. „Pustekuchen sagst du? Ja, ich glaube, du hast recht, Pustekuchen ist das richtige Zauberwort." Dann klatschte er in die Hände und rief laut ‚’Pustekuchen’ dabei. Im gleichen Moment blähten sich die Segel auf und die Yacht setzte sich in Bewegung.

Buck war wie vor den Kopf geschlagen. „Das gibt´s doch gar nicht. Ich glaube, ich bin im falschen Film", stammelte er.

„Gut möglich, aber wenigstens auf dem richtigen Schiff", warf Eckhard grinsend ein.

„Den Zaubertrick musst du uns jetzt aber verraten", sagte Rayko unter beifälligem Nicken der Passagiere.

Gandolf schüttelte den Kopf. „Nein, das ist kein Zaubertrick."

„Ach komm, wie soll das denn sonst funktionieren? Hat das Schiff etwa einen Motor oder war das eben nur Zufall?"

„Weder noch, es war die Kraft meiner Gedanken."

„Wie bitte? Gedankenenergie, so ein Schmarren."

„Keineswegs, aber auch darüber werdet ihr noch mehr erfahren."

Osman meldete sich zu Wort. „Entschuldige bitte, Gandolf. Wir hören immer wieder von dir oder von Bodo und Lilith, ‚das werdet ihr noch lernen' oder ‚das könnt ihr noch nicht verstehen'. Giovanni hatte es schon gesagt und ich kann mich dem nur anschließen. Meinst du nicht, dass es endlich mal Zeit wird, uns darüber umfassend aufzuklären, warum wir hier auf diesen Planeten verschlagen wurden, und wie es mit uns weitergehen soll?"

Gandolf nickte. „Du hast vollkommen recht, und du wirst es nicht glauben, schon morgen werden wir damit beginnen. Aber lass uns heute noch gemeinsam den spannenden Ausflug zur Insel der fremden Tiere genießen, der übrigens genau so zum Vorbereitungsprogramm gehört wie unser Trip durchs dunkle Tal."

„Das ist ein Wort, Gandolf, na dann mal los ins Abenteuerland."

Auf dem Weg zur Insel wurde die Yacht von einer Schar fremdartiger Vögel und einer Gruppe relativ großer, pfeilschneller Tiere im Wasser begleitet, die weder Seehund, noch Delfin oder Hai zu sein schienen.

„Ihr habt solche Tiere noch nie gesehen, denn auf der Erde gibt es sie nicht", erklärte Lilith und schob ein „zumindest noch nicht" nach.

„Und das gilt auch für die Tiere, die ihr an Land, also auf der Insel, zu sehen bekommen werdet", ergänzte Bodo.

„Wieder so eine Erklärung, die mehr Fragen aufwirft, als sie beantwortet", tuschelte Osman hinter vorgehaltener Hand.

Halise drückte ihm einen Kuss auf die Wange. „Und wenn schon. Du bist ungeduldig wie ein kleines Kind. Bis morgen wirst du ja wohl noch abwarten können."

Als die Yacht am Ufer anlegte, konnte es Charly kaum erwarten, an Land zu kommen und sprang von Bord, gefolgt von Rocky und Henry, die sich auf Trappist 1f zu vierbeinigen Abenteurern entwickelt hatten und dort liebend gerne auf Entdeckungsreise gingen. Doch kaum am Strand angelangt, waren Hund und Katzen von einer Horde Tiere umzingelt, die offenbar hinter Hecken und Gebüschen auf die Eindringlinge gelauert hatten.

Rosa schlug vor Entsetzen die Hände vors Gesicht. „Oh Gott, sie werden unsere Lieblinge zerfleischen. Wir müssen sofort dazwischen gehen", rief sie verzweifelt.

Rayko, der schon dabei war, von Bord zu springen, wurde von Bodo zurückgehalten, während Lilith Rosa an sich drückte.

„Keine Bange, ihr Lieben, hier auf Trappist 1f geschieht niemand ein Leid", sagte sie. „Hier herrschen wirklich nur Liebe und Friede. Ich sagte das schon einmal, aber ihr habt es leider noch immer nicht verinnerlicht. Sieh nur, wie die drei schon mit den fremden Tieren spielen und sich ihres Lebens freuen. Auch das müsst ihr alle wieder lernen, aber das braucht wohl noch ein wenig Zeit, nach all dem, was ihr auf der Erde erleben musstet. Du kannst jedenfalls die Augen ruhig wieder aufmachen und dich beruhigen, Rosa."

Nur zögerlich nahm Rosa die Hände vom Gesicht, doch was sie dann sah, ließ sie jeden Schreck vergessen, denn ihre drei Vierbeiner tobten im Pulk der fremden Tiere umher, balgten sich spielerisch mit ihnen oder ließen sich liebevoll abschlecken.

„Wie ihr seht, droht nicht nur unseren drei Naseweißen keine Gefahr, sondern uns allen nicht. Kein Grund also, länger hier an Bord zu bleiben. Also los, gehen wir an Land", sagte Bodo, sprang mit einem gekonnten Satz über die Reling und half den anderen beim Aussteigen. Nur Kathrin und Frank zögerten.

„Was ist denn mit euch? Ihr habt wohl immer noch Angst?", fragte Gandolf.

Kathrin nickte. „Wir sind nun mal keine Tiere gewöhnt", sagte sie fast entschuldigend.

„Und warum nicht?"

Frank zuckte die Schultern. „Kein besonderer Grund eigentlich, aber wir beide haben nie das Bedürfnis dazu verspürt. Tiere kosten Geld, machen Arbeit und schränken einem die Freiheit ein. Außerdem sind sie schmutzig, haaren sich und ..."

„Danke, das genügt, Frank", erwiderte Gandolf, „und was sagst du dazu, Rosa?"

„Frank hat natürlich recht, aber das ist in meinen Augen weitaus weniger wichtig als die lebenslange Liebe, Anhänglichkeit und das Vertrauen, das sie einem schenken. Rayko und ich sind jedenfalls sehr gerne für unsere Tiere da. Für uns ist es selbstverständlich, uns um sie zu kümmern, sie zu behüten wie Kinder und uns an ihrer Dankbarkeit zu erfreuen. Und große Einschränkungen oder einen Verzicht durch sie haben wir nie so empfunden, auch wenn wir wegen ihnen tatsächlich nie frei agieren und um die Welt reisen konnten, wie wir es uns früher manchmal erträumt hatten, als unsere eigenen Kinder noch klein und abhängig von uns waren. ,Wenn sie mal groß und aus dem Haus sind, machen wir zwei die tollsten Reisen', hatte mir Rayko damals versprochen. Doch als sie dann endlich groß und aus dem Haus waren, haben wir die Aufgabe, für andere da zu sein und uns um sie zu kümmern, sehr vermisst. Wir hatten zwar auch schon früher Haustiere, aber natürlich gingen damals die Kinder vor ...“

„Und als die Zweibeiner weg waren, sind halt die Vierbeiner an ihre Stelle gerückt“, unterbrach sie Rayko lachend. „Wir beide kommen wohl am Behüten, Betreuen und Versorgen ein Leben lang nicht vorbei, aber wir lieben es und sind davon überzeugt, dass selbst die schönsten Traumreisen auf der Welt die Freude und das Glück mit unseren vierbeinigen Kindern nicht aufwiegen könnten.“

Gandolf nickte. „Unser Schöpfer hat den Menschen aus vielerlei Gründen Tiere zur Seite gestellt, womit ich allerdings nicht die Haltung als Nutztiere zur Fleisch- und Wurstproduktion meine, die für die meisten dieser armen Geschöpfe mit unerträglichem Leid und Grausamkeiten bis zu ihrem letzten Tag verbunden ist, wenn man nur an die qualvolle Käfighaltung und das barbarische Abschlachten denkt. Ein Tier steht mit einem Menschen sicherlich nicht auf der gleichen geistigen Höhe, auch wenn man bei manchen Vertretern des Menschengeschlechts durchaus Zweifel daran haben könnte. Ein Tier handelt nur nach seinem Instinkt, aber es verfügt nicht im selben Maße wie wir über einen freien Willen, der uns zwar in die Lage versetzt, Gutes zu tun, aber leider auch das Gegenteil. Tiere befriedigen lediglich ihre Überlebensbedürfnisse, sind aber ansonsten friedlich und genügsam. Wenn ein Löwe satt ist, reißt er keine Antilopen, selbst wenn er es könnte, während die meisten Menschen nie genug von etwas bekommen können. Sie häufen irdische Güter an und lügen, betrügen, stehlen oder morden sogar dafür. Und deshalb sollten sich die Menschen in ihrem sozialen Verhalten anderen gegenüber ein Vorbild bei den Tieren suchen. Statt dessen werden die meisten von ihnen als niedere Wesen verachtet, ausgebeutet und gequält, wobei ihre Peiniger vergessen oder verdrängen, dass auch Tiere eine Seele haben und Freude, Leid, Angst und Schmerzen oft sogar intensiver empfinden als die Menschen. Gott hat den Menschen die Tiere zur Fürsorge anvertraut, doch wie schändlich gehen sehr viele mit dieser Pflicht um? Aber auch das wird sich ändern." Dann wendete er sich wieder Kathrin und Frank zu, sah sie eindringlich an und fragte: „Habt ihr Vertrauen zu mir?"

Die beiden nickten.

„Schön, dann lasst uns jetzt gemeinsam zu diesen friedlichen Geschöpfen an Land gehen."

Die anderen hatten sich inzwischen schon unter die Tiere gemischt, die sich ihnen ohne Scheu näherten und sich nach Herzenslust streicheln ließen. Levi, Leon und Vincent sowie die Kinder von Osman und Giovanni wagten sich sogar auf den Rücken einiger größerer Tiere und ließen sich von ihnen durch die Gegend traben. Alle hatten einen Riesenspaß mit den irgendwie fremd und dennoch vertraut wirkenden Wesen, von denen viele den klassischen Wildtieren auf der Erde auf den ersten Blick zwar ähnelten, aber dennoch einige deutliche Unterscheidungsmerkmale aufwiesen. So gab es hier Arten von Löwen, Tigern, Pumas, Geparden, denen im Vergleich zu irdischen Artgenossen Reißzähne fehlten oder deren Fell in unterschiedlich bunten Farben sie zuweilen fast wie überdimensionale Spielzeugfiguren aussehen ließ.

Steffen schüttelte den Kopf. „Das verstehe ich nicht, die haben doch auf freier Wildbahn überhaupt keine Überlebenschance", sagte er.

„Richtig", erwiderte Bodo, „aber hier gibt es auch keine freie Wildbahn, wie du so schön sagst, jedenfalls keine, um sich gegenseitig zu jagen, zu töten und aufzufressen."

„Verstehe. Und wovon ernähren sie sich dann?"

„Ich zeige es euch gleich. Kommt bitte mit, wir machen jetzt einen kleinen Rundgang über die Insel, damit ihr es alle sehen könnt."

Wege oder Straßen gab es nicht, sodass sie den Trampelpfaden der Tiere folgen mussten, die sich dem Expeditionsteam neugierig anschlossen.

„Wie ihr seht, ist auch diese Insel ein kleines Paradies mit Wäldern, Feldern, Wiesen und kleinen Bachläufen, in denen die Tiere immer genügend frisches Wasser zum Trinken finden. Und es gibt hier fast keinen Baum oder Strauch, der keine essbaren Früchte trägt. Gleiches gilt für die Felder, auf denen Essbares in Hülle und Fülle wächst", erläuterte Gandolf.

„Und Fleisch? Wo gibt es hier denn Fleisch für die Tiere, wenn sie selbst nicht jagen können", fragte Eckhard.

Lilith schmunzelte. „Ich muss dich enttäuschen, mein Lieber, aber so etwas wie Fleischbäume gibt es selbst auf 1f nicht. Nein, alle Tiere essen ausschließlich das, was ihnen die Natur hier an Essbarem bietet, sodass keines dafür auf die Jagd gehen muss. Auch um die Früchte brauchen sie sich nicht zu streiten, denn davon gibt es genug für alle."

„Aber Fleisch müssen doch alle essen. Ich meine ..."

„Wie kommst du denn darauf?"

„Na ja, ich denke, dass man einfach auch Fleisch zu sich nehmen muss, um kräftig und gesund zu bleiben."

„Kräftig und gesund, sagst du? Hältst du einen Elefanten oder einen Gorilla denn nicht für kräftig?"

„Und ob."

„Na siehst du. Es geht durchaus auch ohne Fleisch."

„Ich finde es einfach wunderbar hier, man fühlt sich wie in einem riesengroßen Freigehege, in dem man sich frei und ungefährdet unter den exotischsten Tieren bewegen kann. So etwas hätte es auf der Erde auch geben müssen", schwärmte Mela.

Bodo nickte. „Nur haben dort die eben genannten Grundvoraussetzungen gefehlt."

„Ja, eigentlich jammerschade, dass auf der Erde nicht die gleichen friedlichen Verhältnisse geherrscht haben wie hier."

„Na ja, was nicht ist, kann ja vielleicht noch werden", wendete Becca ein.

„Träum weiter, Schwesterherz."

„Wer weiß, manchmal können sogar Träume wahr werden", erwiderte Gandolf schmunzelnd, wehrte aber alle diesbezüglichen Rückfragen kopfschüttelnd ab. „Ab morgen werden wir damit beginnen, alle eure Fragen und Unklarheiten auflösen. Das wird nicht immer leicht für euch sein, und es wird auch sehr viel Zeit in Anspruch nehmen. Lasst uns jetzt aber wieder zurücksegeln, damit ihr euch in Ruhe auf morgen einstimmen könnt. Und die Tiere hier brauchen jetzt auch ihre Ruhe, um ihren ersten Kontakt mit menschlichen Wesen verarbeiten zu können."

Kapitel 8: Bittere Wahrheiten

„So, meine Lieben, wir haben euch nach den Horrorszenarien, die ihr auf der Erde erlebt habt, ganz bewusst eine Weile ausruhen lassen, bevor wir euch über die wahren Hintergründe informieren und auf neue Aufgaben vorbereiten", erklärte Gandolf der kleinen Gemeinschaft am nächsten Morgen. Dann erläuterte er zunächst kurz Sinn und Zweck des Planeten Erde, der vergleichbar mit einer Schule des Lebens sei, in der sich die Menschen geistig höher entwickeln sollten, Prüfungen zu bestehen und bestimmte Aufgaben zu erfüllen hätten. Mit geistiger Entwicklung sei aber weniger irdisches Wissen als das Annehmen und Umsetzen ethischer und moralischer Grundsätze auf dem Planeten Erde gemeint. „Ich will euch aber darüber keine langen Vorträge halten, sondern anhand von dem, wie sich die Menschheit entwickelt hat, anschaulich verdeutlichen, welche fatale Fehlentwicklung sie letztlich dabei genommen hat.

Alle Menschen verfügen einerseits zwar über ein Gewissen, dass ihnen intuitiv vermittelt, was richtig oder falsch beziehungsweise was gut oder schlecht ist. Andererseits wurde den Menschen aber auch ein freier Wille mit auf den Weg gegeben, der sie in die Lage versetzt, sich über ihr Gewissen hinwegzusetzen und stattdessen ihren persönlichen Neigungen und Wünschen weitaus mehr zu folgen als ethischen und moralischen Grundsätzen. Die oft sehr harten Anforderungen und Belastungen auf der Erde können entweder im Sinne einer damit verbundenen geistigen Weiterentwicklung angenommen und bewältigt, aber auch ignoriert und verdrängt werden. Beides hat seinen Preis, aber darauf möchte ich an anderer Stelle noch näher eingehen. Kurzum, ein irdisches Dasein bietet optimale Voraussetzungen für eine schnellst- und bestmögliche geistige Weiterentwicklung, sofern man sich den Prüfungen und Belastungen stellt und nicht vor ihnen davonläuft.

Ihr alle habt euch sicherlich schon gefragt, was mit der täglich wachsenden Zahl von Mitmenschen los ist, die rein egoistisch orientiert sind, nur einseitig ihre Vorteile suchen und diese rücksichtslos zu Lasten Dritter umzusetzen versuchen. Leider befindet sich die Menschheit diesbezüglich auf einem Irrweg. Viele versuchen ihr verantwortungsloses Verhalten damit zu begründen, dass es die anderen ja genau so oder noch schlimmer machen würden. Das kommt an Dummheit etwa einem Schüler gleich, der schlechte Noten auf dem Zeugnis damit zu rechtfertigen versucht, dass andere auch nicht besser oder noch schlechter abgeschnitten haben. Und so ist leider festzustellen, dass die Menschen nicht mehr einvernehmlich miteinander leben, sondern sich gegenseitig das Leben schwer machen. Verstärkt wurde dies insbesondere durch eine zunehmende Trübung des Verstandes trotz der optimalen Möglichkeiten und Voraussetzungen, sich umfassend über alles informieren zu können. Leider hat das aber für einen Großteil der Menschheit eher zu einer Art Bequemlichkeitsverblödung geführt, weil es für buchstäblich jedes Problem vorgefertigte Lösungen gibt, der Einzelne aber weder bereit noch in der Lage ist, diese seiner speziellen Situation anzupassen. Hinzu kommt ein zunehmender Mangel an Glauben, und damit verbunden auch ein entsprechender Verlust von Werten. Frieden, Freude, Geborgenheit sowie Nächstenliebe und Menschlichkeit verkommen zunehmend zu belächelten Sekundärtugenden, die einem im Leben nicht weiterhelfen.

Doch diese Fehlentwicklungen im Einzelnen zeigen leider global weitaus schlimmere Folgen. Materialismus hier erzeugt Armut dort. Umweltschäden und Naturkatastrophen nehmen in einem verheerenden Ausmaß zu. Die Bevölkerung wächst unaufhörlich, und das hat relativ große Flüchtlingsströme zur Folge. Freiheiten werden eingeschränkt wie das Recht auf freie Meinungsäußerung. Diejenigen, die der herrschenden Meinung widersprechen, riskieren erhebliche Nachteile. Insbesondere im Bereich der Politik werden selbst die gravierendsten Missstände vertuscht oder beschönigt. Es ist so, dass ...“

„Entschuldige bitte, Gandolf“, meldete sich Frank zu Wort, „alles, was du sagst, ist sicherlich zutreffend. Wohl keiner von uns wird dir widersprechen wollen, aber ... sei mir nicht böse, du sagst uns damit nichts Neues. Doch genau das hatten wir eigentlich nach deinen Ankündigungen gestern erwartet.“

Gandolf nickte. „Richtig, aber ich bin ja auch noch lange nicht am Ende. Betrachtet bitte das, was ich bis jetzt von mir gegeben habe, als Einstimmung in die eigentliche Problematik.“

„Und die wäre?“, fragte Eckhard.

„Gegenfrage, woher glaubt ihr, dass diese negative Entwicklung kommt? Alles nur Zufall? Nein!", gab er sich selbst die Antwort darauf. „Dahinter steckt im wahrsten Sinne des Wortes ein teuflischer Plan, denn kein Geringerer als Luzifer, Satan oder der Teufel, wie auch immer er genannt wird, verfolgt unerbittlich sein Ziel, die Menschheit systematisch vom Glauben an Gott abzubringen. Und teuflisch ist dieser Plan deshalb, weil er sich oft unter dem Deckmantel biblischer Begriffe wie Geborgenheit, Frieden, Freude, Menschlichkeit und Nächstenliebe gerade mit dem tarnt, was er bis aufs Äußerste bekämpft. Und dazu standen ihm auf dem Planeten Erde alle Wege offen. So manipulierte er die Wissenschaft, die Politik, die Wirtschaft und insbesondere auch Vertreter der verschiedenen Religionen."

Rosa schüttelte den Kopf. „Nein, das kann ich beim besten Willen nicht glauben. Daran, dass es einen Gott gibt, habe ich keinen Zweifel, aber einen Teufel, der die bösen Sünder nach ihrem Ableben in der Hölle schmoren lässt, das vermag ich beim besten Willen nicht anzunehmen."

„Recht hat sie, zumindest was die Hölle anbetrifft, von der Hölle auf Erden mal abgesehen, die sich die Menschen dort gegenseitig bereiten. Aber Luzifer, der gefallene Engel und viele seiner Mitstreiter sind ebenso Realität wie Gott. Leider! Viele Menschen empfinden das übrigens durchaus richtig, wenn sie von einem Teufel in Menschengestalt sprechen."

„Mal ehrlich, Gandolf", wendete Anne ein, „ich denke, wir alle hier glauben an eine höhere Macht. Wenn ich aber an menschliches Leid, an Not, an Grausamkeiten, Gewalt und Kriege denke oder an die Ungerechtigkeiten, unter denen viele leiden müssen, während andere sich in Reichtum, Glück oder Gesundheit sonnen, dann fällt es mir zuweilen sehr schwer, zumindest an einen gütigen und gerechten Gott zu glauben."

„Das kann ich dir nicht übel nehmen, aber du machst bei dieser Überlegung gleich zwei Fehler. Nicht nur du, sondern die meisten Menschen, denn wenn du einen Menschen danach beurteilst, wie gut oder wie schlecht es ihm geht, bewegst du dich immer innerhalb einer bestimmten Zeitachse. Ich will es dir an einem Beispiel versuchen, etwas klarer zu machen. Nehmen wir an, du liest in der Zeitung von einem Prominenten, der sehr reich, sehr beliebt, sehr schön, kerngesund oder meinetwegen auch alles zusammen ist. Das mag für den Zeitpunkt X durchaus zutreffen, wobei das noch lange nicht heißen muss, dass derjenige auch besonders glücklich dabei ist. Aber unterstellen wir auch das. Weißt du denn, ob er von Geburt an schon reich, beliebt, schön, gesund und glücklich war? Kann es zum Beispiel nicht sein, dass er ein paar Jahre vorher noch bettelarm und unglücklich war, oder dass er ein paar Jahre später todkrank sein wird? Es sind immer nur Momentaufnahmen, nach denen man so etwas beurteilen kann."

„Momentaufnahmen, sagst du? Ich kenne aber durchaus nicht wenige, denen man das für ihr ganzes Leben oder zumindest für den größten Teil ihres Lebens nachsagen kann", erwiderte Ronald.

„Selbst wenn du die Zeitachse über ein ganzes irdisches Leben erstreckst, gehst du offenbar davon aus, dass es für jeden nur ein irdisches Leben gibt, dass also nichts vorher gewesen sein kann oder nichts nach dem Tod kommen wird. Wenn dem so wäre, hätte Anne Recht mit ihrem Zweifel an einem gütigen und gerechten Gott. Deshalb will ich noch ein weiteres Beispiel anfügen. Nehmen wir an, jemand hat ein schweres Verbrechen begangen und muss dafür lange Zeit ins Gefängnis. Würdest du nicht wissen, warum man diesen Menschen seiner Freiheit beraubt hat und er an den Folgen physisch und psychisch schwer zu leiden hat, dann würdest du ihn vermutlich bedauern und Gerechtigkeit für ihn fordern. Aber sein Freiheitsentzug ist nur die gerechte Strafe für sein kriminelles Vorleben, für seine Schuld, die er sühnen muss. Und wenn du vielleicht irgendwo einen Menschen siehst, der Not und Elend, in welcher Form auch immer, erleiden muss, könnte es nicht sein, dass auch er eine Schuld aus einem Vorleben sühnen muss? Ich erwarte hierauf keine Antwort von euch, sondern möchte euch nur darum bitten, in Ruhe darüber nachzudenken, ob man diese Möglichkeit kategorisch ausschließen kann."

„Und was ist der zweite Grund, Gandolf? Du hast doch eben von zwei Gründen gesprochen, nicht wahr?"

„Richtig, Anne. Es ist der eben genannte freie Wille, der allen Geistwesen gegeben ist. Auch ein Mensch ist ein Geistwesen, das sich für die Dauer eines Lebens mit einem menschlichen Körper verbunden hat. Und ein Geistwesen, das zum Beispiel Probleme hatte, für andere Mitleid, Mitgefühl oder Nächstenliebe zu empfinden, kann sich aus diesen Gründen durchaus selbst dafür entscheiden, ein weiteres Leben unter irdischen oder körperlichen Einschränkungen zu leben, um diese schlimmen Erfahrungen am eigenen Leib verspüren und sich so geistig weiterentwickeln zu können.

Ich möchte jetzt auf einen weiteren todkranken Patienten zu sprechen kommen, nämlich auf Mutter Erde, wie viele gerne liebevoll sagen und dennoch kräftig mit dazu beitragen, dass auch die Erde schrecklich leiden muss. Sie war einst vollkommen gewesen, doch sie wird aus rein materiellen und damit aus egoistischen Gründen in einem erschreckenden Ausmaß ausgebeutet. Unterirdische Atomversuche, Sprengungen und Tiefbohrungen, die die Erdkruste schwächen, die Abholzung von Wäldern als Sauerstofflieferanten, Umweltverschmutzungen zu Land, zu Wasser und in der Luft. Ich könnte noch stundenlang aufzählen, mit was die Erde als euer Heimat- und Versorgungsplanet bombardiert wird. Und die daraus resultierenden Symptome wie Erdbeben, Wirbelstürme, Überschwemmungen nehmt ihr billigend in Kauf. Es gibt zwar auch Länder, die sich der Umwelt gegenüber vordergründig verantwortungsvoll verhalten und zum Teil sogar völlig überzogene Umweltschutzforderungen umsetzen wollen, deren Bevölkerung allerdings in ihrem unersättlichen Konsumverhalten - nämlich von allem möglichst viel und es möglichst billig zu bekommen - die weltweiten Probleme letztlich generiert. Viele meinen dann, mit blindem Umweltaktivismus selbst für hypothetische Umweltgefahren ihr eigenes Fehlverhalten vertuschen oder kompensieren zu können.

Viele Menschen sind nur noch darauf bedacht, ihre Vorteile zu suchen und materielle Erfolge zu erzielen. Ihrer eigentlichen Lebensaufgabe, nämlich der geistigen Höherentwicklung, werden sie damit jedoch nicht gerecht. Der Materialismus ist wie ein Gefängnis für die Geistseele, die ein sinnloses irdisches Dasein führt.

Die Zeit ist schnelllebig geworden und hält viele so vom Nachdenken über den eigentlichen Sinn des Lebens ab. Auch das ist ein Teil des teuflischen Plans, dem die Menschen zunehmend zum Opfer fallen. Ihr sammelt unentwegt Güter, Macht und Erfolg, doch ihr beraubt euch damit nur der eigentlich wichtigen Dinge im Leben wie Ruhe, Liebe und Frieden.

Morgen werdet ihr noch mehr darüber erfahren, wie Gottes Gegenspieler sogar die Religionen missbraucht, um seinem teuflischen Plan auch dort Geltung zu verschaffen. Doch für heute soll es genug sein. Ruht euch jetzt noch ein bisschen aus, geht spazieren oder spielt mit den Kindern. Denkt aber vor allem dabei auch nach, über was wir heute gesprochen haben, und falls ihr dazu noch Fragen haben solltet, können wir morgen gerne darauf eingehen."

Kapitel 9: Religionen und Theater

Gandolf begrüßte am nächsten Morgen die kleine Siedlungsgemeinschaft. „Die Kinder sollten wir auch heute wieder nach
Herzenslust spielen lassen, denn ihnen fehlen noch einige
Grundvoraussetzungen, um unseren komplexen Themen folgen
zu können, von ihrer Ungeduld mal ganz abgesehen. Lilith und
Bodo werden sich ein bisschen mit ihnen beschäftigen, sodass
wir in Ruhe weitermachen können. Doch zuvor möchte ich
gerne wissen, ob zu dem gestern Gesagten noch Fragen oder
Unklarheiten bestehen."

„Ja, bei mir", meldete sich Rayko zu Wort. „Du hast gestern
gesagt, dass man durch sein eigenes Konsumverhalten viel zur
Zerstörung des Planeten Erde beitragen kann. Ich kann aber
zumindest von Rosa und mir behaupten, dass wir keinem über-
flüssigen Konsum hinterherlaufen. Wir kaufen nicht wie viele
andere ständig neue Möbel, Kleider, Autos oder Schmuck. Wir
schlemmen auch nicht im Überfluss und achten zudem auch
auf einen günstigen Preis. Ich wüsste offen gestanden nicht,
was daran falsch sein sollte."

„Letzteres ist das Kernproblem", erwiderte Gandolf. „Ich kann zum Beispiel bei einer Hose an Geld sparen, wenn ich mir eine in minderer Stoffqualität kaufe. Doch die werde ich vermutlich nicht lange tragen können. Ein Kleiderfabrikant kann aber auch die Herstellungskosten verringern, wenn er zum Beispiel geringere Löhne zahlt oder sich bei der Herstellung über bestimmte gesetzliche Vorschriften hinwegsetzt, was die Sicherheit oder den Umweltschutz anbetrifft. Zum Beispiel, indem er vorgeschriebene Messwerte manipuliert oder Aufsichtsbeamte besticht. Das verschafft ihm gegenüber anderen Herstellern einen Marktvorteil, der diese unter Umständen in ihrer Existenz gefährdet. Das heißt mit anderen Worten, unredlich zu handeln zahlt sich materiell für den aus, der es geschickt genug anstellt. Und das findet daher auch Nachahmer bei anderen Unternehmen. Das gilt leider nicht nur für die Herstellung von Kleidern, sondern grundsätzlich für alles, was es zu kaufen gibt, vom Schnürsenkel bis zur Luxusvilla, vom Tretroller bis zur Nobelkarosse oder vom Ruderboot bis zur Luxusyacht. Auch in völlig anderen Bereichen wie zum Beispiel im Gesundheitswesen ist es genau so. Nun zu dir als Verbraucher. Wenn du stets den Preis über alles andere stellst und es dir völlig egal ist, wie der zustande kommt, bist letztlich du als Kunde und damit als Auftraggeber in hohem Maße mitschuldig an Fehlentwicklungen. Leider ist genau das aber den meisten Menschen völlig egal, und so fördern sie mit ihrem verantwortungslosen Konsumverhalten geradezu Lug und Trug. So werden zum Beispiel arme Menschen in Entwicklungsländern schamlos ausgenutzt, ohne Rücksicht auf ihre Sicherheit und ihre Gesundheit. So wird auch die Umwelt gnadenlos zerstört, und alle diejenigen, die auf der Jagd nach

Schnäppchen sind, bedenken nicht, dass sie als Verbraucher letztlich auch für die daraus resultierenden Folgekosten in gigantischem Ausmaß aufkommen müssen und damit ihre Schnäppchenjagden letztlich ins Gegenteil verkehren. Das alleine wäre schon schlimm genug, aber es kommt noch weitaus schlimmer. Jeder, der tierische Produkte unter primär kostengünstigen Aspekten konsumiert, nimmt billigend in Kauf, dass jeden Tag weltweit zig Millionen Tiere unter barbarischen Bedingungen dafür geschlachtet werden. Ein völlig unverantwortliches Verhalten, das durch nichts zu rechtfertigen ist, denn hier wird der Verbraucher letztlich zum Auftragsmörder an Gottes Geschöpfen, die genau so wie wir Menschen Gefühle haben, Todesängste erleben und Schmerzen verspüren. Möchtest du noch mehr Beispiele hören?"

Rayko schüttelte stumm den Kopf und senkte vor Scham den Blick.

„Gut, dann kommen wir jetzt zum heutigen Thema, und zwar zu den Religionen und den Kirchenlehren. Jesus von Nazareth brauchte für die Verkündung seiner göttlichen Botschaft der Nächstenliebe nichts weiter als seine Stimme, aber keine Religionsführer oder Theologen in festlichen Gewändern und auch keine prunkvollen Kathedralen. Diese selbst ernannten Kirchenfürsten geben sich als unverzichtbare Vermittler zwischen den Menschen und Gott oder gar als Stellvertreter Gottes auf Erden aus, verfassen Regeln und Vorschriften für den wahren Glauben und interpretieren selbstgefällig, was in ihren Augen richtig oder falsch ist. Gottvater wird als strenger und rachsüchtiger Richter dargestellt und die Vergebung von Sünden in die Hände dieser geistlichen Scharlatane gelegt, die damit ‚die armen Sünder' von sich abhängig machen, um ihnen das Geld aus der Tasche zu ziehen. Glaubt ihr denn im Ernst, das wäre alles zur Ehre Gottes? Glaubt ihr etwa, dass grausame und blutige Religionskriege wirklich in Gottes Namen stattfinden? Nein, das wäre in der Tat ein schäbiger Gott. Es sind vielmehr seine Gegenspieler, die in diese goldenen Masken schlüpfen, die euch an ein einmaliges Leben glauben lassen, um euch für euer ganzes Leben von ihnen abhängig zu machen. Die meisten unter euch haben das zum Glück schon auf der Erde richtig erkannt, entweder intuitiv oder durch berechtigte Zweifel an diesen Brimbamborium, das kein vernünftiger Mensch nachvollziehen kann. Aber es hat euren Glauben an einen göttlichen Schöpfer nicht erschüttert und ihr seid auch für diesen Glauben eingetreten. Keiner von euch ist sündenfrei oder gar ein Heiliger, auch ich nicht. Wir alle sind mit unserer geistigen Entwicklung noch nicht am Ende. Aber ihr habt selbst in der Not einige wichtige Tugenden bewiesen, und das verdient Respekt und Anerkennung. Was das konkret für euch bedeutet, werden wir noch ausführlich besprechen. Ich bin jedenfalls sehr froh darüber, dass ihr nicht zu denen gehört, die glaubten, sich alleine durch regelmäßige Kirchenbesuche, durch eifriges Mitmachen, scheinbar andächtiges Beten und Spenden für den Opferstock einen Platz im Himmel sichern zu können. ‚Lächerlich', würde der liebe Gott wohl dazu sagen.

Auf dem Planeten Erde herrscht schon viel zu lange das Recht des Stärkeren und damit das Unrecht, das grenzloses Leid und Unheil bei Mensch und Tier so wie in der Natur angerichtet hat. Doch jetzt schwingt das Pendel unweigerlich um. Dem Gesetz von Saat und Ernte wird die Menschheit nicht entkommen, und über die Erde werden noch viel mehr und weitaus schlimmere Katastrophen hereinbrechen. Alles, was der Erde, der Schöpfung, den Menschen und Tieren an Unrecht, Leid und Grausamkeiten angetan wurde, wird sich gegen die Menschheit kehren." Sichtlich bewegt schwieg Gandolf für ein paar Sekunden und fuhr dann fort: „Ich glaube, ich habe euch für heute einmal mehr eine ganze Menge an Informationen zugemutet, die ihr erst mal in aller Ruhe rekapitulieren solltet. Ich hoffe, ich habe nichts Wichtiges dabei vergessen, aber morgen ist schließlich auch noch ein Tag. Für heute soll´s jedenfalls genügen. Wenn ihr Lust habt, treffen wir uns später noch einmal hier. Die Kinder haben nämlich ein Theaterstück vorbereitet, das sie uns gerne präsentieren möchten." Danach verließ er das Emporium.

Ronald sah Giovanni fragend an. „Was glaubst du, was er eben gemeint hat, mit Respekt und Anerkennung für uns?"

Giovanni zuckte die Schultern. „Keine Ahnung, aber mein Bauchgefühl sagt mir, dass uns offenbar noch einiges bevorstehen wird."

„Und was?"

„Ich weiß es wirklich nicht, aber mir scheint es so, als wolle man uns systematisch auf eine Aufgabe oder einen Einsatz vorbereiten."

„Eine Aufgabe oder einen Einsatz? Wie kommst du denn darauf?"

Giovanni lachte. „Gute Frage, nächste Frage, mein Freund. Zeit zum Nachdenken haben wir ja genügend. Wir sehen uns nachher wieder, vielleicht hast du ja bis dahin des Rätsels Lösung gefunden."

„Glaube ich kaum", erwiderte Ronald, „aber genau so spannend finde ich die Frage, was uns unsere Kinder nachher präsentieren werden. Also dann bis später."

„Guten Abend, meine sehr verehrten Damen und Herren" begrüßte Canset etwa drei Stunden später die kleine Siedlungsgemeinschaft, „Die Trappistenbühne präsentiert ihnen heute das Theaterstück ‚Urs der Zauberbär'. Das Stück handelt von den abenteuerlichen Erlebnissen des kleinen Bärenjungen Urs, der mit seiner Mama zufrieden in einem Zoo lebt, bis seine heile Welt plötzlich aus den Fugen gerät. Ich hatte mal darüber ein Buch gelesen, und so ist bei mir die Idee entstanden, diese Geschichte als Vorlage für ein Theaterstück zu verwenden, bei dem alle Kinder hier mitwirken sollen. Und dafür haben wir in letzter Zeit nicht nur viel geübt, sondern auch ein paar Kostüme und Kulissen zusammengebastelt. Aber wir können auf der Bühne natürlich nicht alles so darstellen, wie wir es gerne möchten. Deshalb wird es eine Mischung aus Theaterstück und Erzählung werden, und dazu wünsche ich Ihnen viel Vergnügen." Dann machte sie gekonnt einen Schritt zur Seite und hinter ihr tauchte ein kleiner Braunbär auf, oder vielmehr eines der kleineren Kinder in einem Bärenkostüm. In den nächsten beiden Stunden war das Emporium Bühne für ein ebenso heiteres wie berührendes Märchen, nur von den Kindern gespielt für die Erwachsenen, die daran ihre helle Freude hatten. Und so lief die Geschichte vom kleinen Bärenjungen ab:

Ein alte Rabe namens Jakob, der freiwillig im Zoo sein Dasein als fliegender Nachrichtenbote fristet und bei den beiden

Bären dafür immer etwas zu futtern abbekommt, berichtet eines Tages vom geplanten Neubau eines Eisbärengeheges. Kurz darauf beginnen die Bauarbeiten, die der kleine Braunbär mit Begeisterung verfolgt. Ein wunderschönes Eisbärengehege entsteht und die Zoobesucher strömen in Scharen zu der neuen Attraktion, während das in die Jahre gekommene Braunbärengehege kaum noch Beachtung findet. Der kleine Braunbär wünscht sich daher nichts sehnlicher, als auch ein Eisbär zu sein. Dieser Wunsch geht unerwartet in Erfüllung, als auch das Braunbärengehege farblich etwas attraktiver gestaltet wird. Ein Eimer mit weißer Farbe fällt beim Klettern auf dem Malergerüst um und verwandelt den Klettermaxen Urs im Nu in einen schneeweißen Bären mit der Folge, dass ihn seine eigene Mutter nicht wiedererkennt und aus dem Gehege verjagt.

Bei seiner Flucht aus dem Zoo landet Urs in einen kleinen Wanderzirkus. Hier freundet er sich mit einem Esel und einem Husky an. Der Zirkusdirektor, der die Tiere vernachlässigt und grob behandelt, versucht mit allen Mitteln, aus dem kleinen Braunbären eine Zirkusattraktion zu machen. Den drei leidgeplagten Freunden gelingt es jedoch eines Tages, aus dem ungeliebten Zirkus zu fliehen. Während der Esel wieder eingefangen wird, erreichen Hund und Bär auf ihrer abenteuerlichen Flucht einen kleinen Bahnhof und fliehen mit dem Zug in Richtung Nordpol weiter, weil es den kleinen Urs zu den richtigen Eisbären zieht.

Dort angelangt, stürzt er ins eiskalte Wasser, aus dem ihn eine Eisbärin in letzter Sekunde rettet und in ihre Schneehöhle mitnimmt. Sie hält ihn für einen waschechten Eisbären, und der

Bärenjunge fühlt sich spontan zu der liebevollen Bärin hinge-zogen.

Aber das Leben am Nordpol ist bei weitem nicht so schön, wie es sich der kleine Bär erhofft hatte. Kälte, Nässe und Hunger lassen seine Sehnsucht nach der Heimat immer größer werden. Ein erneuter Sturz ins eiskalte Wasser bei einer Robbenjagd bringt schließlich die Wende in sein trauriges Schicksal. Die weiße Farbe auf seinem Fell löst sich langsam ab und Urs muss gegenüber seiner Ersatzmama im wahrsten Sinne des Wortes Farbe bekennen. Diese beschließt daraufhin schweren Herzens, den lieb gewonnenen Bärenjungen wieder zu seiner richtigen Mama nach Hause zurückzuschicken.

So landet er schließlich überglücklich wieder im Zoo und findet dort neben dem alten Raben auch den Esel aus dem Zirkus wieder, der hier sein Gnadenbrot erhält. Die abenteuerliche Reise des kleinen Braunbären hat damit ein glückliches Ende gefunden.

Die Kinder spielten das Stück mit einer derartigen Leidenschaft, dass die Begeisterung bei den erwachsenen Zuschauern keine Grenzen fand. Die Rolle des kleinen Urs durfte Levi spielen, während Leon, Vincent und Akin in Pinguinkostümen immer wieder durch die Kulissen watscheln durften und mehr als einmal dabei umfielen, was jedes Mal nur mühsam unterdrücktes Gelächter unter den Zuschauern auslöste. Die Rolle der Bären- und Eisbärenmama hatte Canset übernommen, während Giovannis und Sarahs Söhne Julio und Graziano sich als Hund und Esel verkleidet auf allen Vieren bewegen mussten, aber diese anstrengenden Rollen dennoch meisterhaft beherrschten. Die Rollen des Zirkusdirektors und des Erzählers übernahm Daciano, Giovannis Ältester.

Als das Stück zu Ende war, mussten sie sich unter lang anhaltendem Applaus immer wieder verbeugen. Und Gandolf ließ es sich nicht nehmen, jedem einzelnen Darsteller zu seiner schauspielerischen Leistung zu gratulieren. So fand auch dieser Tag auf Trappist 1f ein wunderschönes Ende.

Kapitel 10: Malbourgs Widersacher

„Wir haben gestern Abend eine großartige Inszenierung eurer Kinder im Theaterstück ‚Urs der Zauberbär' miterlebt und sie sicherlich alle sehr genossen", begrüßte Gandolf am nächsten Tag seine Schützlinge. „Ich möchte heute auf ein weitaus weniger schönes und erfreuliches Theaterstück zu sprechen kommen, bei dem ihr alle mitgewirkt habt, wenn auch nur als Statisten. Ich meine damit die Tragödie um den Planeten Erde nach der weltweiten Naturkatastrophe, in der Arthur Marlbourg eine Hauptrolle gespielt hat. Während er sozusagen im ersten Akt nach den schrecklichen Ereignissen als segensreicher, gütiger, hilfsbereiter und vor allem als erfolgreicher Retter der Menschheit auf der Weltbühne agierte, hat er sich nach Festigung seiner irdischen Macht im zweiten Akt in einen wahren Teufel in Menschengestalt verwandelt. Kommen wir nun zum dritten Akt und damit zu Christof Stern, einem bis dahin völlig Unbekannten, der als Entwicklungshelfer gerade von einem relativ langen Einsatz in Südamerika auf ein paar Wochen Urlaub in sein Heimatland zurückgekehrt war, als sich die Katastrophe ereignete. Aus dem Urlaub wurde nichts, denn er hat sich sofort an den Rettungs- und Wiederaufbaumaßnahmen beteiligt, wobei ihm seine langjährigen Auslandsaufenthalte, bei denen oft unter denkbar schlechten Voraussetzungen und mit primitivsten Mitteln gravierende Probleme zu lösen waren, sehr zugute kamen.

Steffen meldete sich zu Wort. „Richtig, jetzt, wo du es erwähnst, erinnere ich mich wieder an ihn. Ich hatte mal Gelegenheit, ihm bei einer seiner Reden zuzuhören. Ein sehr beeindruckender und tatkräftiger Mann, der die aufkommende Hetze gegen Gläubige öffentlich lautstark und heftig kritisiert hatte. Ich möchte gerne mal wissen, was aus ihm eigentlich geworden ist."

Gandolf nickte. „Das kann ich dir sagen, Steffen. Er machte sich bekanntlich schon bald einen Namen als sehr engagierter Helfer, sodass auch Malbourg auf ihn aufmerksam wurde und ihm in seinem Team eine Führungsrolle anbot. Doch daran zeigte Stern kein Interesse und ging seinen eigenen Weg, sehr zum Missfallen von Malbourg, der alle Aufmerksamkeit auf sich lenken und die Lorbeeren als Retter der Menschheit nur für sich ernten wollte. Und so machte er Stern und seinen Mitstreitern das Leben schwer, indem er ihnen die zuvor großzügig gewährte Unterstützung für ihre Einsätze versagte und dafür sorgte, dass ihnen notwendiges Material und Werkzeuge mehr und mehr versagt wurden, sodass sich Stern notgedrungen auf Einsätze zur Rettung und Heilung von Verletzten und Kranken konzentrieren musste, wofür er wegen seiner Ausbildung als Krankenpfleger und Rettungssanitäter allerdings auch optimale Voraussetzungen mitbrachte. Und er scheute sich nicht, wenn mal Not am Mann war, sogar bei Notoperationen vor Ort mitzuwirken, ohne über ein medizinisches Studium oder eine Approbation als Arzt zu verfügen. ‚Hilfe in der Not ist sicherlich wichtiger als fehlende Zeugnisse. Mir hat der liebe Gott die Erlaubnis dazu erteilt', pflegte er sein Handeln zu begründen, womit er sich nach Malbourgs Attacken gegen Gläubige vollends dessen Hass zuzog. Doch Christof Stern zeigte keinerlei Angst vor Malbourg und wagte es sogar, diesen in aller Öffentlichkeit dafür heftig zu kritisieren und vor seinen üblen Machenschaften zu warnen. Du hast es ja selbst erlebt, Steffen. ‚Niemand hat das Recht, den Menschen den Glauben nehmen zu wollen, in dem er ihnen einredet, dass ausgerechnet der Schöpfer des Planeten Erde Schuld an dessen Zerstörung sei. Selbst denen, die Gott in ihrer Not um Hilfe angefleht und als das nichts geholfen hat, ihn verflucht haben, dürfte der Widerspruch in dieser Malbourgschen Gotteslästerung nicht unbemerkt bleiben', hatte er immer wieder verkündet und damit dessen Wut und Hass ins Grenzenlose gesteigert. Aus dem Entwicklungshelfer und Retter in der Not Christof Stern wurde mehr und mehr ein Streiter für den Glauben und die Nächstenliebe. Das hat ihn letztlich das Leben gekostet, denn er wurde auf einer öffentlichen Versammlung vor den Augen seiner Zuhörer erschossen."

„Das ist ja entsetzlich!" Halise war fassungslos. „Wie mag es jetzt dort unten auf der Erde aussehen? Ich bin wirklich sehr froh und auch sehr dankbar, dass wir auf die mir noch immer unerklärliche Art und Weise gerade noch rechtzeitig gerettet wurden und hier einen sicheren Zufluchtsort gefunden haben. Aber warum, und wie lange? Wie soll das mit uns weitergehen, und was ist mit unseren Angehörigen, Freunden und Bekannten, die nicht das Glück hatten, hierher zu kommen? Ich habe ein sehr ungutes Gefühl, wenn ich daran denke. Kannst du uns dazu bitte etwas sagen, Gandolf?"

„Schon morgen werdet ihr alle es erfahren, denn morgen wartet ein großer und ereignisreicher Tag, nicht nur auf euch, sondern auf alle Entrückten hier auf Trappist 1f."

„Und wie viele sind das außer uns? Wir haben hier außer dir, Bodo und Lilith noch niemand sonst gesehen", fragte Anne.

„Morgen werdet ihr sie alle sehen, Anne."

„Und wo?"

„Unten am Seeufer, aber lasst bitte alle eure Kinder in der Siedlung. Bodo und Lilith werden sich um sie kümmern."

„Und warum?"

„Weil das, was ihr morgen sehen und erfahren werdet, nicht gut für sie wäre, zumindest nicht für die Kleinsten. Da ich noch einiges vorzubereiten habe, möchte ich mich jetzt schon von euch verabschieden. Wir sehen uns morgen Vormittag am Seeufer."

Glinda sah Rayko fragend an, als Gandolf weg war. „Das klingt nicht gerade beruhigend. Was meinst du, werden wir morgen von ihm erfahren?"

„Keine Ahnung." Rayko zuckte die Schultern. „Aber ich könnte mir vorstellen, dass es was mit unserem Heimatplaneten zu tun hat, weil er auf Halises Fragen ausweichend reagiert hat."

„Ja, das glaube ich auch. Hier ist es zwar wunderschön, aber trotz allem, was dort unten Schlimmes passiert ist, ich vermisse die alte Heimat schon."

Rayko nickte. „Geht mir genau so. Aber hier sind wir wenigstens sicher."

„Glaubst du, dass wir für immer hier bleiben müssen?"

Rayko starrte sie ein paar Sekunden schweigend an. „Wer weiß? Aber ich habe so ein dumpfes Gefühl, dass wir hier auf irgendetwas vorbereitet werden sollen, wofür man uns offenbar benötigt."

„Was meinst du damit?"

„Auch darauf kann ich dir keine Antwort geben. Vielleicht sind wir ja morgen wirklich alle ein Stück schlauer. Aber jetzt muss ich mich um meine drei Vierbeiner kümmern. Sie warten schon auf ihren Papa Rayko."

„Und was ist mit Mama Rosa?"

Rayko lachte. „Um die kümmere ich mich natürlich auch. Dann bis morgen, Glinda."

Kapitel 11: Weltenbrand

Gegen morgen bellte Charly plötzlich lang anhaltend und kratzte an der Terrassentür.

Rosa setzte sich schlaftrunken im Bett auf, rüttelte Rayko kräftig und fragte: „Schläfst du noch?"

„Jetzt nicht mehr", brummte der.

„Ich glaube, der Hund muss mal raus."

„Das glaube ich auch", erwiderte Rayko und drehte sich zur Seite.

Wieder wurde er von Rosa sanft geschüttelt. „Ich meine, gehst du oder soll ich ...?"

„Immer die, die fragt", bekam sie zur Antwort

„Du bist ein echter Kavalier", schimpfte sie, sprang aus dem Bett, um Charly die Terrassentür zu öffnen, während Rayko sich ein Lachen verkneifen musste und versuchte, noch ein bisschen weiterzuschlafen. Kurz darauf wurde er wieder gerüttelt, diesmal aber heftig.

„Was ist denn nun schon wieder?"

„Du musst sofort aufstehen und dir das anschauen. Du wirst es nicht glauben."

„Dann lasse ich es lieber gleich."

„Komm jetzt endlich auf die Terrasse. Da draußen ist eine riesige Menschenmenge, bestimmt über einhunderttausend Leute."

„Auf der Terrasse?"

„Natürlich nicht, du Einfallspinsel. Dort unten am Seeufer sind sie."

Rayko hielt es jetzt nicht länger im Bett. Als er hinausging, schlug ihm lautes Stimmengewirr vom See entgegen. Der komplette Strandbereich war voller Menschen, die dichtgedrängt beieinander standen.

„Komm, lass uns mal zu ihnen hinuntergehen", sagte Rosa.

„Und was ist mit Frühstück?"

„Nichts ist mit Frühstück. Das können wir später nachholen, denn ich glaube, man wartet schon auf uns."

Als sie hinuntergingen, sahen sie, dass unweit vom Ufer entfernt eine Bühne mit einem riesigen Bildschirm mitten im Wasser stand. Gandolf betrat die Bühne und begrüßte die Menschenmenge.

„Ich freue mich, heute alle von der Erde Entrückten begrüßen zu dürfen. Ihr wurdet in euren Siedlungen, die hier auf Trappist 1f verteilt sind, alle in gleicher Weise über die Ereignisse auf der Erde informiert und verfügt somit über den gleichen Kenntnisstand. Ihr seid ganz bewusst relativ kleinen und überschaubaren Einheiten zugeordnet worden, weil es so am effektivsten ist, euch das zu vermitteln, was von großer Bedeutung ist. Doch heute werdet ihr erstmals und einmalig etwas gemeinsam zu sehen und zu hören bekommen, zum einen, weil es sicherlich wichtig ist, in Erfahrung zu bringen, wie groß das Heer der Entrückten ist. Darüber hinaus sollt ihr das, was ihr gleich zu sehen bekommt, in der Gemeinschaft aller erleben, um euch zu verdeutlichen, wie groß zwar die Zahl der Geretteten ist, wie wenige ihr aber letztlich doch seid im Vergleich zur gesamten Bevölkerung auf der Erde. Nach diesem Film werdet ihr wieder in eure kleinen Einheiten zurückkehren, um dort intensiv auf eure künftigen Aufgaben vorbereitet zu werden. Ach ja, bevor es losgeht, noch die Antwort auf eine Frage, die mir eben gestellt worden ist. Hier sind genau 144.000 Entrückte versammelt. Und jetzt müsst ihr stark sein und die Nerven behalten, denn was ihr zu sehen bekommt, ist nicht nur sehr dramatisch, sondern für viele sicherlich unfassbar und erschütternd. Aber wir können euch davor leider nicht verschonen."

Der Film begann mit einigen Szenen, in denen Menschen in größter Bedrängnis und in Erwartung des sicheren Todes vor den Augen von Malbourgs Schergen entrückt wurden, genau so, wie es jeder der Anwesenden selbst erlebt hatte. Und dennoch erschien es ihnen aus der Sicht des Zuschauers unfassbar, ein den Naturgesetzen widersprechendes Ereignis aus der Distanz beobachten zu können. Weit mehr noch war allerdings das ungläubige Erstaunen bei denen zu erkennen, die ihnen nach dem Leben trachten wollten und auf der Erde zurückblieben, welche im gleichen Moment heftig zu beben begann. Mit ohrenbetäubendem Krachen brach plötzlich an verschiedenen

Stellen der Erdboden auf, um glühende Lava auszuspeien, die Menschen, Tiere und Gebäude unter sich begrub. Verheerende Feuerstürme wurden entfacht und setzten alles in Brand. Im Film war zu sehen, wie diese Katastrophe zeitgleich auf allen Kontinenten ausbrach und sich wie ein Lauffeuer über den ganzen Erdball zu verbreiten begann. Durch die Erschütterungen der Erdoberfläche begann sich der Boden zu spalten. Riesige Krater verschluckten Menschen, Tiere und Gebäude, ganze Landmassen versanken im Meer, während sich an anderen Stellen der Meeresboden hob und neues Land entstehen ließ. Kontinente wurden förmlich auseinandergerissen und begannen sich neu zu formieren. Dann endete der Film plötzlich.

Alle Zuschauer waren starr vor Entsetzen. Viele hatten die Hände vors Gesicht geschlagen, andere waren weinend zusammengebrochen oder starrten noch immer wie versteinert auf die leere Leinwand und hielten sich zitternd in den Armen, um sich gegenseitig zu trösten. Gandolf ließ den Entrückten lange Zeit, um die grauenvollen Bilder verarbeiten zu können. Dann meldete er sich zu Wort. „Ich kann euer Entsetzen, euren Kummer und eure Sorgen sehr gut nachempfinden. Falls ihr Fragen dazu habt, meldet euch bitte."

„Gibt es noch Überlebende unten auf der Erde?", war zu hören.

Gandolf schüttelte den Kopf. „Nein, weder Menschen, noch Tiere oder Pflanzen haben es überlebt."

„Dann ist die Menschheit also für immer ausgelöscht?"

„Nein, denn alle, die jetzt auf Trappist 1f sind, haben schließlich überlebt. Ihr werdet gleich im Anschluss auch Gelegenheit erhalten, nach überlebenden Freunden, Verwandten und Bekannten Ausschau zu halten, bevor ihr wieder in eure Siedlungen zurückgebracht werdet."

„Und was passiert jetzt mit der völlig zerstörten Erde?"

„Sie ist nicht völlig zerstört, sie existiert schließlich noch", erwiderte Gandolf.

„Ja, aber sie ist doch wohl für immer unbewohnbar."

„Habt bitte Verständnis, dass alle diese Fragen nur ausgiebig und in aller Ruhe im kleinen Kreis, also in den Siedlungsgemeinschaften, erörtert werden können. Nutzt jetzt bitte die Gelegenheit, euch hier nach Mitmenschen umzuschauen, die ihr vielleicht kennt. Zur Erleichterung werden euch auf der Leinwand gleich die Namen der einzelnen Gemeinschaften und ihrer Mitglieder angezeigt werden. Und unsere Siedlungsgemeinschaft möchte ich bitten, sich heute Abend zum Gebet für die unzähligen Opfer am Emporium einzufinden."

Als Gandolf sie am Abend begrüßte, spürte er, wie mitgenommen die meisten noch von dem waren, was ihnen vor Stunden vor Augen geführt worden war. Einige nahmen wortlos auf den Bänken Platz und starrten geistesabwesend auf den Boden.

„Ich sehe, dass ihr offenbar nicht in der Lage seid, euch auf ein gemeinsames Gebet zu konzentrieren. Lasst mich daher stellvertretend für euch ein paar Worte an unseren Schöpfer richten", sagte er. Mit eindringlichen Worten sprach er die Hoffnung aus, dass die Geistseelen aller Menschen, die der umwälzenden Naturkatastrophe auf der Erde zum Opfer gefallen waren, ihre irdischen Verfehlungen zu erkennen und zu bereuen vermögen. Für die Geretteten auf Trappist 1f bat er um die notwendige Kraft und Ausdauer, um ihre bevorstehenden Aufgaben bestmöglich erfüllen zu können. Danach verließ er die Runde.

„Ich hab´s geahnt, dass unsere Rettung einen besonderen Hintergrund hat", sagte Rayko.

Ronald nickte. „Aber welchen, Papa?"

„Morgen werden wir es ja wohl erfahren. Lasst uns jetzt schlafen gehen. Mama und ich fühlen uns wie erschlagen. Aber ich werde wohl trotzdem kein Auge zubekommen nach diesen schrecklichen Bildern."

Rosa nickte. „Du wirst sicher nicht der Einzige sein, fürchte ich. Selbst wenn, noch im Schlaf werden sie uns in Albträumen einholen."

Rayko hielt es erwartungsgemäß nicht lange im Bett aus. Er spazierte mit Charly hinunter zum See. Die große Wiese am Seeufer, auf der noch ein paar Stunden vorher weit über einhunderttausend Menschen die Zerstörung ihres Heimatplaneten Erde mit ansehen mussten, war menschenleer. Nur die Bühne mit der Leinwand stand noch in Ufernähe im Wasser. Sanft umspülten Wellen die Stützen der Bühne, die ihm plötzlich wie ein aus dem Wasser ragendes Mahnmal erschien. Eine gespenstische Ruhe lag über der Landschaft. Er setzte sich auf die Wiese und starrte auf den See hinaus. Seine Blicke verloren sich irgendwo am Horizont. Charly saß dicht gedrängt neben ihm und half ihm damit, ein plötzlich aufkommendes Gefühl von grenzenloser Einsamkeit und Traurigkeit wenigstens ein bisschen zu verdrängen. Ein Schauer lief ihm über den Rücken, als er seinen Blick wieder Richtung Bühne wandte. Fast schien es ihm, als würden die schrecklichen Bilder noch einmal über die Leinwand flimmern Er rieb sich die Augen, gerade so, als könne er sie damit wegwischen. Doch sie waren nicht auf der Leinwand, sie waren in seinem Kopf und schnürten ihm fast die Kehle zu. Irgendwann vermochte er es nicht mehr auszuhalten, stand auf und ging ins Haus zurück. Rosa schlief unruhig und wälzte sich im Bett hin und her. So ging er wieder hinaus und legte sich auf die Liege, die auf der Terrasse stand. Irgendwann fiel auch er in einen unruhigen Schlaf.

Kapitel 12: Hintergründe

Am nächsten Tag kam Gandolf zunächst auf die Hintergründe für die umwälzenden Zerstörungen zu sprechen. Die Menschheit habe es seit dem Erlösungstod von Jesus Christus am Kreuz vor über zweitausend Jahren immer weniger verstanden, ihre Chancen und Möglichkeiten zur geistigen Weiterentwicklung auf der Erde zu nutzen. Vielmehr seien sie mehr und mehr den Verführungskünsten dunkler Mächte erlegen und hätten nur ihr Ego zu befriedigen versucht.

„Dennoch hat sie unser Schöpfer, dem alle Menschen ihren freien Willen verdanken, unter Berücksichtigung ihrer karmischen Vorbelastungen lange gewähren lassen. Sehr lange, wie ich finde", sagte Gandolf. „Doch die Zerstörungen, Grausamkeiten und Kriege durch Verblendung, Machtstreben, Gier, Habsucht und Unmenschlichkeit haben immer schlimmere Ausmaße angenommen. Immer mehr sind vom wahren Glauben abgefallen und haben die göttlichen Gebote mit Füßen getreten. Doch nicht nur das, sondern auch die zunehmende Verfolgung und Vernichtung von Gläubigen ließen diesen immer geringere Chancen, ihren Glauben zu leben. Damit war endgültig eine Grenze überschritten und ein geistiger Tiefstand erreicht, der einer Bewährung und geistigen Weiterentwicklung, und damit dem eigentlichen Grund für eine Inkarnation auf der Erde, entgegensteht. Der Planet Erde ist in diesem Zustand nicht mehr in der Lage gewesen, seine Aufgabe weiter zu erfüllen." Gandolf schwieg für ein paar Sekunden. Seine Blicke in die Runde verrieten, wie wichtig ihm diese Erläuterungen erschienen. Schließlich fuhr er fort. „Und aus diesen Gründen hat unser Schöpfer dem nun ein Ende bereitet. Nicht aus Hass oder Rachsucht oder um seine Macht unter Beweis zu stellen, sondern um wenigstens die Zahl der Aufrechten auf der Erde zu schützen. Es sind genau die 144.000, die hierher entrückt worden sind. Nicht wenige, aber im Verhältnis zu einer Bevölkerung von fast 8 Milliarden Menschen vor dem Weltenbrand letztlich nur eine verschwindend kleine Anzahl. Eine Auszeichnung also für jeden Einzelnen, aber aus einem ganz besonderen Grund, denn ihr sollt eine wichtige Mission erfüllen und dem Planeten Erde wieder zu seiner ursprünglichen Bestimmung verhelfen."

Ein Raunen ging durch die Anwesenden. Gandolf ließ ihnen ein paar Minuten Zeit, um ihren Gedanken und Gefühlen freien Lauf zu lassen.

Schließlich meldete sich Osman zu Wort. „Du sagst, es wäre für uns eine Auszeichnung. Tut mir leid, aber ich vermag beim besten Willen nicht einzusehen, dass ich den Untergang meiner Heimat, den Verlust von Angehörigen und Freunden, den Verlust von allem, was ich besessen habe, als Auszeichnung ansehen soll. Nicht nur Halise und ich, auch alle anderen hier, sehen das so. Wir haben uns gestern am See noch lange darüber unterhalten. Es gibt keinen hier, der das anders empfindet."

Gandolf nickte. „Es tut auch meinem Herzen sehr weh, was passiert ist. Aber die Menschheit war blind und taub für die verheerenden Auswirkungen ihres Versagens. Sie lebten, als könnten sie ewig so weitermachen, ohne die unausweichlichen Folgen beachten zu müssen. Deshalb musste diesem Treiben ein Ende gesetzt werden, indem die vernichtende Saat, die die Menschen selbst gesät hatten, aufging. Ansonsten wäre eine Umkehr der Menschen unmöglich gewesen. Aus eigener Kraft hätten sie es nicht mehr geschafft. Ihrem zerstörerischen Denken und Handeln musste daher Einhalt geboten werden, denn es ist leider so, dass sich die allermeisten Menschen nur in einer hoffnungs- und ausweglosen Situation wieder auf Gott besinnen, ihre Untaten bereuen und ihn dafür um Vergebung bitten können. Hätte er den Menschen noch mehr Zeit gelassen, dann hätten sie in noch größerem Ausmaß Unheil angerichtet und damit ihren Untergang auch so beflügelt. Aber diesem Untergang wäre letztlich niemand entkommen, auch ihr nicht.

Die Erde muss daher eine Änderung erfahren, um wieder das werden zu können, was sie ursprünglich war und auch weiterhin sein soll, nämlich eine Bildungsstation des Geistes, bei der das Materielle nur ein notwendiges Mittel zum Zweck ist und nicht das Goldene Kalb, um das jeder gierig tanzt. Sie muss dafür neu geformt werden und Menschen beherbergen, die alle Fähigkeiten besitzen, um sie zu ihrer Seelenreifung zu nützen. Menschen, die von selbst erkennen, dass dies der eigentliche Zweck ihres irdischen Daseins ist.

Der Zustand auf der Erde hat sich seit Beginn der Erlösungsperiode dramatisch verschlimmert. Anfangs regierte die Sünde nur regional, am Ende jedoch global, und das ist ein ganz entscheidender Unterschied. Die Menschen haben die daraus resultierenden Katastrophen über den ganzen Planeten verteilt.

Das allerhöchste Ziel eines jeden muss das Streben nach ewiger Liebe und die Wiedervereinigung mit seinem Schöpfer sein. Seid deshalb nicht traurig, wenn ihr dort unten alles Materielle zurücklassen musstet. Jede Erlösungsepoche ist nur von einer begrenzten Zeitdauer und endet, wenn der geistige Erfolg nicht mehr erreicht werden kann. Doch sie wird abgelöst werden von einer neuen Periode mit anderen Voraussetzungen, und dafür bedarf es einer kompletten Neugestaltung des Planeten Erde, damit sich die Schöpfung zu Größerem und Höherem weiterentwickeln und die materielle egoistische Weltanschauung endlich ein Ende finden kann. Darauf wollen wir euch vorbereiten, auf neue Aufgaben, die auf euch alle warten.

Gott liegen alle Schöpfungen am Herzen, auch diejenigen, die in ihrer Entwicklung noch unter dem Menschen stehen, die aber auch in ihrer Höherentwicklung gefördert werden müssen. Bedenkt bitte, welche barbarischen Grausamkeiten die Menschen der Tierwelt und der Natur zugefügt haben, in einem unbeschreiblich großen Ausmaß. Auch dem musste endlich ein Ende gesetzt werden."

Eine Weile herrschte betretenes Schweigen, bis Mark das Wort ergriff.

„Was wir gestern im Film gesehen haben, ist meiner Meinung nach nichts anderes als ein öder und leerer Planet, der keinerlei Voraussetzungen für ein Leben dort bietet, und mit dieser Meinung stehe ich sicherlich nicht alleine da", sagte er.

„Recht hat er!", „Genau!" oder „So sehe ich es auch!" war als Reaktion darauf zu hören.

Gandolf nickte. „Aus der gestrigen Sicht betrachtet hast du vollkommen recht, aber die Erde wird sich davon erholen und wieder zu neuem Leben erwachen."

Schließlich ergriff Rayko kopfschüttelnd das Wort. „Gut möglich, ich bin zwar kein Evolutionsforscher, aber das wird mit Sicherheit ewig lange in Anspruch nehmen."

„Ewig mit Sicherheit nicht, aber sehr lange schon!"

„Na siehst du, und deshalb verstehe ich nicht, was das alles mit uns zu tun haben soll, denn bis es soweit ist, liegen selbst unsere Urenkel irgendwo verscharrt und längst verfault hier auf diesem schönen Planeten im Boden."

„Woher nimmst du die Gewissheit, mit der du das behauptest?"

Rayko reagierte spürbar verunsichert darauf. „Woher wohl? Wie könnte es anders sein? Das sagt mir einfach der gesunde Menschenverstand."

„Aha, dann kannst du dir mit deinem gesunden Menschenverstand sicherlich auch die Entrückung erklären, die euch allen widerfahren ist?"

Rayko bemühte sich eine Weile krampfhaft, darauf eine Antwort zu finden. Schließlich gab er sich geschlagen und schüttelte stumm den Kopf.

„Ihr werdet auf alle diese Fragen eine Antwort erhalten, doch alles zu seiner Zeit, um es noch mal zu wiederholen. Ich fasse daher noch einmal kurz zusammen, dass eine neue Erlösungsperiode eingeläutet wurde, um allen Lebewesen künftig die ungehinderte Möglichkeit einer geistigen Weiterentwicklung zu eröffnen. Und dafür war und ist eine komplette Reinigung und Neugestaltung der Erde erforderlich. Der Kern der Erde bleibt jedoch unberührt, nur wird sie in ihrer Form sehr weitreichend umgestaltet, sodass man von einer ‚neuen Erde' sprechen kann, aber nicht von ihrem Vergehen. Es musste zudem auch eine Scheidung der Geister stattfinden, damit wieder eine gerechte Ordnung und eine freie Entfaltung hin zu einer geistigen Höherentwicklung auf der Erde möglich ist. Mit der Neugestaltung der Erde endet die bisherige Erlösungsperiode und eine neue beginnt. Welche Rolle ihr dabei spielt und welche Aufgaben diesbezüglich auf euch warten, darüber werden wir uns morgen ausgiebig unterhalten. Für heute Vormittag soll es genügen, und heute Nachmittag reden wir zur Abwechslung mal am See weiter, oder besser gesagt auf dem See, denn die Bühne steht noch dort und eignet sich auch hervorragend als Diskussionsplattform."

Giovanni grinste. „Ich ahne auch schon, warum. Allzu kritische Fragen kannst du dort einfach ins Wasser fallen lassen, oder?"

„Gute Idee, Giovanni", erwiderte Gandolf mit todernster Miene, „Das geht aber nicht nur mit Fragen, sondern auch mit Fragenden. Kannst du eigentlich schwimmen, mein Lieber?" Damit hatte er die Lacher auf seiner Seite.

Ein paar Stunden später trafen sich alle am Seeufer. Während die Kinder auf der Wiese spielten und im See plantschten, bat Gandolf alle Erwachsenen auf die Bühne. „So meine Lieben, macht es euch hier bequem, jeder so wie er möchte. Setzt euch meinetwegen auf den Boden oder an den Rand der Bühne und lasst die Beine im Wasser baumeln. Schaut über den See oder den spielenden Kindern zu. Es ist mir sehr wichtig, dass ihr euch nach dem gestrigen Schrecken etwas entspannt", sagte er. „Das ist hier sicherlich einfacher möglich als im Emporium. Was ich euch jetzt sagen möchte, ist hoffentlich auch ein bisschen tröstlich für diejenigen, die noch um ihre Angehörigen trauern. Nachdem es die alte Erde in ihrer ursprünglichen Form nicht mehr gibt, wird sie für eine bessere geistige Aufwärtsentwicklung umgewandelt werden. Unser Schöpfer wird Grundlagen für ein neues Menschengeschlecht schaffen, und das wird der Beginn einer neuen Erlösungsperiode sein. Es wird dann keinen Kummer und kein Leid, keine Grausamkeiten und Qualen, keine Tränen, keinen Zank, Hader oder Streit mehr geben. Den Menschen wird es so ermöglicht, die geistig höchstmögliche Entwicklungsstufe zu erreichen, die es auf einem Planeten gibt. Und alle Entrückten hier auf Trappist 1f werden den Stamm dieses neuen Menschengeschlechtes bilden. Mit anderen Worten, ihr seid tatsächlich Auserwählte. Macht euch keine unnötigen Gedanken, dass ihr den Zeitraum der irdischen Umwandlung nicht überleben werdet, denn er ist schon viel weiter fortgeschritten als ihr denkt, und für euch wird die Zeit hier auch nicht nach irdischen Maßstäben bemessen."

Gandolf machte eine Pause und blickte ungewöhnlich lange mit erhobenem Zeigefinger in die Runde. „Was ich euch jetzt sage, wird euch möglicherweise als verrückt erscheinen, doch auch das gehört zu den vorgenannten Voraussetzungen. Das neue Menschengeschlecht wird einen anderen Körper erhalten als bisher. Euer irdischer Leib wurde bei der Entrückung verwandelt, den ihr jedoch genau so wie euren bisherigen physischen Körper wahrnehmt und empfindet. Dieser neue Körper ist jedoch in seiner Substanz viel feiner und durchlässiger als der alte Leib, der eure Seele auf der Erde umgab, denn dieser war für die meisten Menschen offenbar noch zu dicht, um die göttlichen Signale für eine geistige Weiterentwicklung im notwendigen Umfang empfangen zu können."

Alle starrten Gandolf mit einer Mischung aus Unglauben und Entsetzen an. Einige schüttelten sprachlos den Kopf, andere winkten nur ab oder waren dabei, die Bühne zu verlassen, als Gandolf fortfuhr. „Ich kann eure Reaktionen vollkommen verstehen. Das klingt sicherlich unglaublich, zumal ihr nichts von alledem gemerkt habt. Auch euer Aufenthalt hier ist nur eine Übergangslösung, bis eure Mission auf der neu gestalteten Erde beginnen kann, und das wird schon bald sein, auch wenn ihr das jetzt noch nicht nachvollziehen könnt. Dort wird für euch eine neue Zeit beginnen, eine Zeit des Friedens und inniger Verbundenheit mit Gott, der wie Jesus Christus vor über zweitausend Jahren unter euch weilen wird.

Es wird euch auf der neuen Erde wie in einem Paradies vorkommen, wo ein Leben in Frieden und Liebe möglich sein wird. Es wird dort keine Krankheiten, kein Leid und keine Schmerzen mehr geben. Ihr habt die fremden Tiere auf der Insel schon kennengelernt, die ebenfalls dort mit euch zusammenleben werden, der Löwe und der Tiger friedlich neben dem Lamm. Auch Geistwesen wie Lilith, Bodo und ich werden dazu gehören. Dagegen wird der Teufel mit seinem Gefolge verbannt werden, sodass er euch nicht wie auf der alten Erde zum

Bösen drängen und verführen kann, zumindest für sehr lange Zeit nicht.

Die neue Erde wird weiterhin ihren Platz und ihre Aufgabe im Universum einnehmen, damit Seelen dort inkarnieren können, um ihre Bestimmung zu erfüllen, denn auch das neue Menschengeschlecht benötigt die Erde als geistige Weiterbildungsstation. In ihrer alten Form konnte sie ihren Zweck jedoch nicht mehr erfüllen, weil dort die dafür notwendige Ordnung immer weiter zerstört worden ist. Es wird auch keine Religionen mehr geben, die sich gegenseitig bis aufs Messer bekämpft und dabei unglaublich viel Leid angerichtet haben."

Gandolf steigerte sich in seiner Darstellung mehr und mehr und malte mit seinen Worten Bilder von einzigartigen und wunderschönen Schöpfungen, einem klaren Himmel, fruchtbaren Feldern, ungetrübten Wasserläufen sowie ruhigen und friedlichen Meeren. „Die Umgestaltung der Erdoberfläche wird eine andere Verteilung der Landmassen zur Folge haben", erklärte er. „Doch von dieser Umgestaltung werdet ihr hier nichts mitbekommen, so lange nicht, bis sie abgeschlossen ist. Ihr werdet die Erde erst wieder betreten, wenn dieser Prozess beendet ist. Morgen werde ich euch noch mehr über das Leben dort ..."

Weiter kam Gandolf nicht, denn mit gellenden Schreien rutschten Sarah, Rosa und Halise, die nebeneinander am Rand der Bühne saßen und ihre Beine im Wasser baumeln ließen, plötzlich ins Wasser. Prustend und laut schimpfend tauchten sie unter dem Gelächter von Daciano, Julio und Graziano wieder auf. Die drei Jungs waren klammheimlich vom Seeufer zur Bühne getaucht und hatten dann ihre Opfer mit einem kräftigen

Ruck an den Beinen gleichzeitig ins Wasser gezogen. Giovanni, Osmann und Rayko lachten schallend über das unfreiwillige Bad ihrer besseren Hälften, was zur Folge hatte, dass sie ebenfalls im Wasser landeten, als sie ihren Frauen die Hände entgegenstreckten, um sie wieder auf die Bühne zu ziehen. Schlagartig hatte sich damit die Anspannung unter Gandolfs Zuhörern gelöst. Schon bald war die Bühne leer und alle tummelten sich ausgelassen mit den Kindern im Wasser.

Bodo und Lilith sahen Gandolf grinsend an. „Und jetzt?", fragten sie im Chor.

„Na ja, das war´s dann wohl für heute. Macht nichts, morgen ist schließlich auch noch ein Tag", bekamen sie von ihm zur Antwort.

Kapitel 13: Vorbereitungen

„So, nachdem gestern ein Teil dessen, was ich euch berichten wollte, buchstäblich ins Wasser gefallen ist, machen wir heute an gewohnter Stelle wieder weiter", begrüßte Gandolf am nächsten Morgen die Gemeinde. „Ich bin übrigens sehr froh, dass ihr so gut miteinander harmoniert, denn insbesondere darauf wird es ankommen bei eurer Mission auf der Erde. In der ersten Zeit werden relativ wenig Menschen dort leben. Es sind die 144.000 Entrückten auf Trappist 1f. Doch ihr werdet nicht alle zusammen sein, sondern über den Globus verteilt auf zwölf neuen Kontinenten Platz finden, also etwa 12.000 Bewohner pro Kontinent. Die Erdteile werden wiederum in zwölf Regionen aufgeteilt werden, in denen jeweils etwa tausend Menschen leben werden. Und in jeder dieser Region sollen zwölf Dorfgemeinschaften entstehen. Eine davon wird eure sein."

Frank meldete sich zu Wort. „In deiner Aufzählung taucht immer wieder die Zahl Zwölf auf, Gandolf. Was hat denn das zu bedeuten?"

„Die Zwölf hat in vielen Kulturen seit Jahrhunderten eine große Bedeutung, und das soll auch weiterhin so bleiben. So hat ein Jahr auf der Erde beispielsweise zwölf Mondzyklen und wird deshalb in zwölf Monate eingeteilt. Und einen Tag teilt man in zweimal zwölf Stunden ein, wobei der Stundenzeiger einer Uhr in zwölf Stunden eine Umdrehung macht. Denkt bitte auch an die zwölf Apostel oder ...“

„Oder an eine Zwölferkiste Wein“, unterbrach ihn Giovanni grinsend.

„Richtig, die etwas aus der Mode gekommene Maßeinheit Dutzend basiert auch auf der Zwölf. Ich möchte jetzt aber gerne noch auf die wesentlichen Veränderungen im Vergleich zum Leben auf der alten Erde etwas näher eingehen. Ihr werdet dort alle in Frieden und Eintracht miteinander leben. Eure Kinder werden ausnahmslos Wunschkinder sein. Es wird also keine ‚Verkehrsunfälle‘ mehr geben, wie ungewollte und ungeliebte Kinder oft lieblos genannt wurden. Eure Kinder werden umsorgt und behütet aufwachsen. Streit und Unrecht soll auf der neuen Erde keinen Platz mehr haben. Ihr werdet mit den Tieren, die dort unten ihre Freiheit genießen dürfen, in Harmonie zusammenleben und die Sprache der Natur verstehen. Sie brauchen dort auch keine Angst mehr vor Leid und Schmerzen durch menschliche Grausamkeiten zu haben.

Den Menschen als vergeistigten Wesen in einem feinstofflichen Körper werden körperliche Leiden und Gebrechen abgenommen. Not und Elend wird es nicht mehr geben, und der Tod wird nur ein schmerzloser Übergang der Seele in das rein geistige Reich sein. Menschen reifen Zustandes wie ihr werden dort unten umgeben sein von Lichtwesen wie Lilith, Bodo und mir. So wird es zumindest für sehr lange Zeit der Fall sein. Ihr werdet den Stamm des neuen Menschengeschlechtes bilden, das ungehindert seine geistige Vervollkommnung anstreben kann. Eure Mission wird neben dem Aufbau einer lebensnotwendigen Infrastruktur insbesondere darin bestehen, nach göttlichen Geboten zu leben und diese weiter zu verbreiten, ähnlich wie bei den zwölf Aposteln vor langer Zeit. Ihr sollt auch dafür Sorge tragen, dass das Wissen um die Hintergründe einer Umgestaltung der Erde erhalten bleibt.

Dieser paradiesische Zustand wird allerdings nur so lange anhalten, wie die Menschen innig und mit Gott verbunden miteinander leben. Und der Leibhaftige, wie er oft verharmlosend genannt wird, wird für sehr lange Zeit, aber nicht für immer machtlos sein. Eines Tages wird auch er wieder den höllischen Kampf um Menschenseelen aufnehmen, aber erst dann, wenn die neue Menschheit geistig gefestigt ist. Erneut wird dann ein Kampf zwischen Licht und Finsternis beginnen, doch dann hoffentlich mit einem besseren Ergebnis.

Die alte Erde hatte sich vom Einheitsbewusstsein mit Gott gelöst, um die Trennung und damit die Dualität für Menschen erfahrbar zu machen, doch dies hatte zur Folge, dass das Wissen über die wahre Abstammung der Menschen und ihre einzigartigen Fähigkeiten mehr und mehr verloren ging. Die Dualität bietet zwar unvergleichliche Möglichkeiten, um Kontraste und Gegensätze wie Liebe und Hass, Glück und Unglück, Macht und Ohnmacht, Gesundheit und Krankheit und vieles mehr am eigenen Leib zu erfahren. Doch der daraus eigentlich zu erwartende Lernprozess hat leider immer weniger gefruchtet und die Menschen in einem erschreckenden Ausmaß an ihrem geistigen Aufstieg gehindert. Deshalb war die Umgestaltung der Erde unabdingbar, um ihr und damit allen Menschen wieder einen Aufstieg in die fünfte Dimension zu ermöglichen. Habt ihr dazu noch Fragen?"

„Und ob ich die habe", schaltete sich Mela ein. „Entschuldige bitte, Gandolf, aber du haust uns jeden Tag aufs Neue zumindest für mich kaum nachvollziehbare Erklärungen um die Ohren, sodass ich schon ganz schwindlig davon bin. Was zum Donnerwetter meinst du denn jetzt mit der fünften Dimension? Ich kenne von der Schule und ein paar Semestern Architekturstudium her nur drei Dimensionen, und zwar bei einem Raum beispielsweise dessen Länge, Breite und Höhe. Und jetzt packst du gleich noch zwei Dimensionen obendrauf."

Gandolf musste unwillkürlich schmunzeln. „Immer langsam mit den jungen Pferden", sagte er, „und das Donnerwetter habe ich auch gerade überhört. Natürlich kennst auch du die vierte Dimension."

Mela schüttelte trotzig den Kopf. „Nein!"

„Ja!"

„Und die wäre?"

„Nun, die Menschen haben sich auf der alten Erde als von Gott scheinbar getrennte Wesen im dreidimensionalen Raum auf einer Zeitachse bewegt, jeder von Geburt an bis zu seinem Todestag. Jeder zwar nur ein relativ kleines Stück, aber alle in die gleiche Richtung, nämlich zu ihrem Ende hin. Die Zeit stellt somit die vierte Dimension dar. Ein kontinuierlicher Lernprozess während dieser Zeit sollte für jeden eigentlich auch mit einer geistigen Weiterentwicklung in Richtung der fünften Dimension verbunden sein, doch die wenigsten haben es geschafft, während sich immer mehr durch ihr schuldhaftes Verhalten selbst dabei blockiert haben. Nur die nach hier Entrückten, also ihr, hätten es auch aus eigener Kraft geschafft. Und da es seit der letzten Erlösungsperiode immer weniger geworden sind, war ein göttliches Einschreiten unvermeidlich, um den Aufstieg nicht völlig zum Erliegen zu bringen."

„Okay", erwiderte Mela, „aber du bist mir dann immer noch eine Erklärung für die fünfte Dimension schuldig."

„Kommt sofort, wenn du mich ausreden lässt, du Nervensäge. Die fünfte Dimension steht für einen höheren Bewusstseinszustand, den weitaus stärker Gefühle und Gedanken als in der dritten Dimension charakterisieren. Ein Bewusstseinszustand also, in dem die Menschen in einer vollkommen positiven, friedlichen und harmonischen Realität leben können. Dies setzt eine Auflösung des in der dritten Dimension dominierenden egoistischen Verhaltens voraus, aus dem die negativen Zustände auf der alten Erde resultierten. Alle negativen Gedanken, Gefühle und Taten jedes Einzelnen schmälern nicht nur seine Lebenskraft, sondern tragen letztlich zu einem Absinken des ganzen Planeten bei. Die Menschen handelten meist aus niederen Beweggründen, um sich auf Kosten anderer eigene Vorteile zu verschaffen. Materielle Vorteile wohlgemerkt, die aber für eine geistige Weiterentwicklung nicht nur keine Rolle spielen, sondern kontraproduktiv sind. Die wirklich wichtigen immateriellen Aspekte wurden dabei völlig außer Acht gelassen und nicht selten sogar mit einem verächtlichen Lächeln bedacht.

Auf den Punkt gebracht könnte man die Unterschiede zwischen der dritten und der fünften Dimension so charakterisieren, dass die dritte Dimension einer Verkörperung des Geistes dient, um Erfahrungen mit der Dualität zu machen, während die fünfte auf eine zunehmende Vergeistigung der Menschen ausgerichtet ist, in der das Ego des Einzelnen einem stärkeren Einheitsgefühl aller weicht, wodurch die Grundvoraussetzungen für ein einvernehmliches und friedliches Miteinander geschaffen werden." Gandolf blickte in die Runde. „So ihr Lieben, damit habe ich euch alles vermittelt, was ihr an grundsätzlichen Informationen für eure Mission auf der neuen Erde wissen müsst. Eure Schulung neigt sich allmählich dem Ende entgegen. Was jetzt noch fehlt, ist eine konkrete Aufgaben- und Rollenverteilung für euren Einsatz, für die wir uns morgen noch ein letztes mal hier treffen wollen. Und für heute Nachmittag ist eine Besteigung des Hausberges direkt hinter unserer Siedlung vorgesehen. Von dort hat man einen herrlichen Blick über die Landschaft. Ruht euch vorher noch ein wenig aus. In etwa zwei Stunden wollen wir losgehen."

Ein paar Stunden später waren alle auf dem Weg zum Gipfel, Gandolf vorneweg. Neben ihm trabte Charly, neugierig schnüffelnd an den Blumen, Sträuchern und Bäumen, die nicht nur anders aussahen als auf der Erde, sondern auch einen angenehmen Duft ausströmten. Henry hatte es sich auf Raykos Schulter bequem gemacht. Wie um den Hals gewickelt lag er dort und miaute nur ab und zu, wenn Rayko aufhörte, mit ihm zu reden, während Rocky sich in Rosas Armen wiegte wie ein Baby.

„Das kommt davon, dass ihr die Tiere zu sehr verwöhnt habt, Mama", sagte Ronald grinsend.

„Es sind halt unsere Kinder, seitdem ihr aus dem Haus seid", brummte Rayko, „und euch haben wir früher auch durch die Gegend geschleppt, obwohl wir den Kinderwagen immer dabei hatten."

Becca und Mela mussten heftig lachen. „Ja, Papa, aber darin war kein Platz für uns, weil du damit Oma Ursulas alten Zwergpudel Teddy durch die Gegend kutschiert hast."

Frank schmunzelte. „Eure Eltern haben es manchmal sicher zu gut gemeint mit ihrer Tierliebe, denke ich. Die Katzen auf der Couch oder auf dem Esstisch, der Hund im Bett und keine Urlaubsreisen, weil sie die armen Tiere nicht allein lassen wollten."

„Ich weiß, dass uns manche deswegen für verrückt erklärt haben, aber Rayko und ich konnten unsere Tiere nie als nachrangig ansehen, Frank", erwiderte Rosa. „Sie waren für uns immer gleichwertige Familienmitglieder, für die wir uns genau so verantwortlich gefühlt haben wie für unsere zweibeinigen Kinder, und sie blieben in ihrer Abhängigkeit von uns auch immer kleine Kinder, im Gegensatz zu den Zweibeinern. Aber genau das ist auch das Schöne daran. Ihre Ehrlichkeit, ihr Vertrauen, ihre Liebe und ihre Anhänglichkeit haben unser Leben immer bereichert, im Gegensatz zu vielen Mitmenschen, und das hat uns Katzen- oder Hundehaare und entgangene Urlaubsreisen nie als große Einschränkung oder Verlust wahrnehmen lassen."

Rayko nickte. „Rosa hat recht. Ich hatte leider dort unten kaum Freunde, um ehrlich zu sein. Ich konnte beim Umgang mit Mitmenschen nur selten richtig Spaß oder Freude empfinden, weil sie eigentlich immer nur bestrebt waren, ihre Meinungen und Ansichten zum Maß aller Dinge zu erheben, oder weil sie bei gemeinsamen Aktivitäten nur ihren Neigungen und Wünschen nachgehen wollten. Ich passe mich zwar durchaus gerne auch mal anderen an, aber als Dauerzustand ...? Nein, danke! Wahre Freundschaft habe ich eigentlich immer nur im Umgang mit Tieren empfunden, die zwar auch ihre Bedürfnisse haben, aber das beschränkt sich aufs Essen, aufs Gassi-Gehen und natürlich aufs Streicheln und Schmusen. Sie sind mit so wenig zufriedenzustellen, und das finde ich einfach großartig."

„Ein sehr wichtiger Aspekt, den du da erwähnst, Rayko", schaltete sich Gandolf in die Unterhaltung ein. „Leider haben die wenigsten Menschen verstanden, dass gerade das eine wichtige Aufgabe der Tiere ist, nämlich den Menschen durch ihr Verhalten vorzuleben, wie wenig wichtig Materielles ist, sofern es über die Befriedigung von Grundbedürfnissen hinausgeht. Wir haben den Gipfel übrigens in ein paar Minuten erreicht. Dort oben werdet ihr mit einem wunderschönen Ausblick für eure Mühen belohnt."

„Mühe, sagst du?" Buck schüttelte den Kopf. „Irgendwie merkwürdig, wie wenig mühsam mir dieser Aufstieg erscheint. Auf Mutter Erde hätte ich es keine hundert Meter weit geschafft."

Glinda nickte. „Mir geht es genau so. Schließlich sind wir nicht mehr die Jüngsten."

„Ich hatte es ja schon mal erklärt", wendete Bodo ein. „Die Anziehungskraft auf 1f ist zum einen deutlich geringer als die auf der Erde, und ihr habt zudem bereits einen feinstofflicheren Leib, auch wenn ihr es noch nicht so richtig wahrzunehmen vermögt."

Als sie das Gipfelplateau erreichten, bot sich ihnen ein herrlicher Ausblick über eine weite Hügellandschaft, durch die sich ein Fluss an bunten Blumenwiesen vorbei in Richtung des Sees nahe der Siedlung schlängelte. Fast erschien es ihnen, als stünde Trappist 1, der die großartige Kulisse in goldgelbes Licht tauchte, wie ein riesiger Heißluftballon ganz nah über ihnen am Himmel. Schweigend genossen sie für eine Weile den einzigartigen Ausblick.

Levi schmiegte sich an Ronalds Bein und sagte: „Fast so schön wie im Märchen, Papa. Können wir nicht für immer hier bleiben?"

„Ich glaube nein, junger Mann, denn wenn ich Gandolf richtig verstanden habe, müssen wir wieder von hier weg."

„Und wohin?"

„Auf die Erde, dort wo wir hergekommen sind."

„Nein Papa, auf keinen Fall will ich wieder dort hin, wo diese bösen Menschen sind, die uns weh tun wollten. Ich will nie wieder von hier fort", fing der Kleine an zu weinen.

Gandolf ging zu ihm, nahm ihn in die Arme und tröstete ihn. „Du brauchst keine Angst zu haben, Levi, denn die bösen Menschen dort unten sind alle weg."

„Ja, aber dort unten ist doch alles kaputt. Hier ist es viel schöner als dort", schluchzte er.

„Auch da kann ich dich beruhigen, Kleiner, denn dort unten ist alles neu gemacht worden und jetzt sogar noch ein bisschen schöner als hier."

Levi blickte Gandolf mit einer Mischung aus Misstrauen und Neugier an. „Noch schöner als hier?"

Gandolf nickte. „Noch viel schöner als hier, Levi."

„Lässt du mich bitte wieder runter, Gandolf?"

„Na klar."

Kaum hatte Levi wieder festen Boden unter den Füßen rannte er zu seinen Freunden und rief: „Juchhu, juchhu, wir gehen wieder auf die Erde zurück. Dort ist es jetzt noch viel schöner als hier."

Ein vielstimmiger Jubelchor der Kinder, die offenbar plötzlich alle Heimweh nach ihrem wahren Zuhause verspürten und ihrem Herzen damit Luft machten, brach los, der auch bei den Erwachsenen nach langer Zeit endlich wieder etwas Hoffnung und Zuversicht auslöste.

Kapitel 14: Ziele und Aufgaben

Gandolf eröffnete am nächsten Morgen die tägliche Sitzung mit einem kurzen Gebet, in dem er stellvertretend für die ganze Gemeinde um Gottes Segen sowie um Kraft, Mut und Zuversicht für die bevorstehende Mission bat.

„Kommen wir zum Abschluss also zu der Aufgaben- und Rollenverteilung auf der neuen Erde. Als Erstes werdet ihr euch einen geeigneten Platz aussuchen und herrichten müssen, um dort Unterkünfte für eine kleine Siedlung zu errichten. Wer von euch könnte sich vorstellen, diese Aufgabe federführend zu übernehmen?", fragte er, worauf sich Giovanni zu Wort meldete.

„Ich würde das gerne übernehmen, weil ich mit meinen Unternehmen früher in der Bauindustrie tätig war. Dazu bräuchte ich allerdings Werkzeuge, Maschinen und entsprechendes Personal."

„Personal, sagst du? Du bist offenbar gedanklich noch zu sehr in der alten Welt behaftet, denn in der neuen ist das Materielle nur auf ein notwendiges Mindestmaß beschränkt. Ich bin allerdings sicher, dass wir in unserer Mitte ein paar Männer finden werden, die dich dabei auch unterstützen, ohne dass du sie bezahlen wolltest oder könntest. Geld ist bekanntlich ein Maßstab für materielle Werte und wird es daher nicht mehr geben. Was Werkzeuge anbetrifft, werdet ihr euch ebenfalls etwas einfallen lassen müssen, soweit das erforderlich ist. Aber ihr habt ja ein paar Tüftler, Handwerker und Ingenieure in euren Reihen, die werden diesbezüglich schon geeignete Mittel und Wege finden. Und auf Maschinen werdet ihr als Pioniere ganz verzichten müssen, denn wo sollten die herkommen? Ich frage daher jetzt mal in die Runde, wer Giovanni unter diesen Bedingungen unterstützen möchte. Seine beiden ältesten Söhne Daciano und Graziano auf jeden Fall, nehme ich mal an. Und wer noch?"

Buck, Steffen und ein weiterer Mann signalisierten ebenfalls ihr Interesse an einer Mitarbeit.

„Ich denke, das sollte fürs Erste genügen", sagte Giovanni. „Wenn ich das jetzt richtig interpretiere, lautet das Motto also ‚Zurück in die Steinzeit'."

Gandolf lachte. „Nicht völlig falsch, aber auch nicht ganz richtig. Ich würde es eher als ‚Neubeginn mit einfachsten Mitteln, aber mit dem neuesten Wissens- und Erkenntnisstand unter erheblich erleichterten Grundvoraussetzungen' bezeichnen.

„Das klingt zumindest sehr intelligent, Gandolf. Wir werden jedenfalls das Beste daraus machen. Irgendwie reizvoll und spannend finde ich das Ganze erstaunlicherweise auch noch."

„Prima. Kommen wir als Nächstes zum Thema Verpflegung. Ihr werdet sicherlich genügend Essbares dort unten finden, das ihr nur zu ernten braucht und sofort essen könnt. Aber ich gehe davon aus, dass ihr in Bezug auf die Nahrungszubereitung sicherlich auch eigene Vorstellungen und Ideen entwickeln und in die Tat umsetzen möchtet. Wer fühlt sich denn dazu berufen?"

Glinda und Osman hoben fast zeitgleich die Hände. Während Glinda erklärte, dass sie in einer Bäckerfamilie in Deutschland aufgewachsen sei und ihrem Vater in der Backstube einige Jahre zur Hand gehen musste, verwies Osman auf seine Erfahrungen als Betreiber und Besitzer von Speiselokalen mit türkischen Spezialitäten. Rosa erklärte sich zur Mithilfe ebenfalls bereit.

Gandolf nickte. „Sehr schön, wir kommen besser voran, als ich dachte. Wir wollen jetzt aber nicht für alle möglichen Aufgaben eine Lösung finden, sondern uns nur auf die wesentlichen beschränken. Und dazu gehören insbesondere die Betreuung, Erziehung und Ausbildung der Kinder. Wer hätte daran Interesse?"

„Für die Erziehung und Betreuung würde ich gerne meine Frau Anne und meine Schwester Becca empfehlen, denn beide sind ausgebildete Sozialpädagoginnen. Zudem hat Becca schon in jungen Jahren eine Kindergruppe in unserer Kirchengemeinde betreut", schlug Ronald vor. „Und als ausgebildeter Lehrer möchte ich gerne die schulische Ausbildung übernehmen, allerdings bin ich dazu nicht alleine in der Lage. Aber es gibt ja zum Glück noch den Frank, der ebenfalls Lehrer war und den geisteswissenschaftlichen Part übernehmen könnte. Und Kathrin als ausgebildete Konzertsängerin könnte ich mir sehr gut für die schönen Künste vorstellen. Bleibt noch der technischnaturwissenschaftliche Teil, bei dem Papa und Eckhard als ausgebildete Ingenieure mitwirken könnten."

„Sehr schön, Ronald." Gandolf blickte in die Runde. „Falls die eben Genannten damit einverstanden sind, sollten wir das so festhalten. Wie ihr ja in den letzten Tagen vernommen habt, wird es auf absehbare Zeit zwar keine schweren körperlichen Krankheiten oder Gebrechen geben, was aber nicht bedeutet, dass sich niemand bei der Arbeit verletzen oder auch mal aus anderen Gründen unwohl fühlen könnte. Immerhin müsst ihr ja alle noch eure Erfahrungen mit den veränderten Bedingungen machen. Für derartige Fälle wäre es gut, zumindest auf jemand mit medizinischer Erfahrung zurückgreifen zu können. Haben wir vielleicht einen Arzt oder einen Krankenpfleger unter euch?"

Olaf, ein praktizierender Arzt aus Norddeutschland, meldete sich daraufhin.

„Und ich als ausgebildete Intensivkrankenpflegerin stehe dafür natürlich auch gerne zur Verfügung", ergänzte Mela.

Gandolf nickte beifällig. „Ich bin echt begeistert", sagte er. „Unser Schöpfer hat offensichtlich mit euch in weiser Voraussicht die Richtigen zusammengebracht. Wir sollten noch für den Part eines Ordnungshüters jemand Geeignetes finden, der sich um die Aufstellung und Einhaltung notwendiger Gemeinschaftsregeln kümmert. Also, Freiwillige vor."

„Diese Aufgaben könnte ich aufgrund meiner Erfahrungen bei der Stadtpolizei übernehmen", schlug Mark vor.

„Wunderbar. Ich denke, damit hätten wir zumindest die vordringlich wichtigen Positionen besetzt. Natürlich muss jeder von euch so flexibel sein und dort nach Bedarf mit einspringen, wo Not am Mann oder an der Frau ist. Eine ganz wichtige Rolle fehlt allerdings noch, und zwar die eines Oberhauptes oder Bürgermeisters für eure kleine Siedlung, also jemand, der für die Koordinierung und übergeordnete Aufgaben verantwortlich ist. Gibt es dazu vielleicht Wünsche oder Vorschläge", fragte Gandolf, doch niemand meldete sich. Keiner war wohl bereit, bei einer Mission ins Ungewisse die Gesamtverantwortung zu übernehmen. „Das gefällt mir aber gar nicht", brummte Gandolf. „Hat denn wenigstens jemand grundsätzliche Vorstellungen, was man im Vergleich zu den schwerwiegendsten Fehlern auf der alten Erde ändern und beachten müsste, um eine ähnliche Fehlentwicklung künftig zu vermeiden?"

Wieder nur betretenes Schweigen, bis sich Rayko nach einer Weile zu Wort meldete. „So weit ich das beurteilen kann, waren dafür insbesondere zwei Aspekte entscheidend, und zwar das rein egoistische Denken und Handeln, um sich rücksichtslos materielle Vorteile gegenüber anderen zu verschaffen. Eine große Gefahr lag dabei sicherlich auch im ausufernden Spezialistentum, denn wenn einer Experte auf einem bestimmten Gebiet ist, kann er andere nach Belieben zu seinem Vorteil manipulieren, belügen und betrügen. Und das gilt ausnahmslos für alle Bereiche. Ich könnte mir daher vorstellen, dass wir in der Ausbildung zwar Schwerpunkte für bestimmte Aufgabenfelder setzen müssen, andererseits aber einen genau so großen Wert auf interdisziplinäres oder ganzheitliches Denken und Handeln legen müssten. Nur, wer sich bereits vor einer geplanten Maßnahme umfassend Gedanken über deren Auswirkungen macht, kann Fehlentwicklungen schon im Ansatz vermeiden. Mit anderen Worten, ganzheitliches Denken müsste einen weitaus größeren Stellenwert bekommen als bisher. Ich könnte mir dafür als besondere Auszeichnung zum Beispiel die Vergabe von Gütesiegeln nach ethischen Kriterien vorstellen sowie Anreize zur Belohnung für immateriell wertvolle Arbeit und Leistungen, und damit auch ein verstärkter Anreiz für alle, dem nachzueifern."

„Du meinst wohl eine Belohnung für gute Taten?", unterbrach ihn Gandolf.

„Richtig."

„Und in welcher Form? So etwas wie die Einführung eines Ethikordens oder Ethik-Talers als immaterielle Währungseinheit?"

Rayko zuckte mit den Schultern. „So genau habe ich mir darüber zwar noch keine Gedanken gemacht, aber ... ja, so etwas in der Art."

Gandolf blickte in die Runde. „Und was meinen die anderen dazu?"

Rayko erhielt gleich von mehreren Seiten Zustimmung. Kommentare wie „Klingt nicht schlecht", „Ein guter Vorschlag" oder „Man sollte es zumindest mal ausprobieren" waren zu hören.

Gandolf nickte zustimmend. „Also gut, dann möchte ich gerne Rayko als Siedlungsoberhaupt vorschlagen. Hat jemand etwas dagegen?"

„Und ob", stammelte Rayko. „Ich habe überhaupt keine Ambitionen für eine derartige Aufgabe, denn ich tue mich offen gestanden sehr schwer damit, Verantwortung für andere zu übernehmen, von der eigenen Familie mal abgesehen."

Giovanni lachte. „Dann wird es aber allerhöchste Zeit, dass du es mal lernst."

„Du als erfahrener Unternehmer hast gut reden. Warum machst du es denn nicht?"

„Ich übernehme gerne die Verantwortung für meinen Part, aber ich eigene mich eher nicht als Bürgermeister oder Siedlungsoberhaupt oder wie du es auch immer nennen willst. Immerhin hast du sehr lange Jahre Erfahrung in einer Verwaltung sammeln können und zudem auch bei der Prüfung von innovativen Projekten interdisziplinären Denk- und Prüfansätzen gerecht werden müssen. Mithin also genau das, was du eben selbst vorgeschlagen hast."

„Giovanni hat Recht. Nun komm schon und zier dich nicht so lange", pflichtete ihm Osman bei.

„Ja Papa, du hast uns immer beizubringen versucht, dass man sich seiner Verantwortung stellen muss", schob Becca nach, von Mela und Ronald mit einem Grinsen im Gesicht unterstützt.

„Und ich stehe dir wie bisher immer als dein Beschützer und Retter in der Not zur Seite, mein Freund", ergänzte Bodo und amüsierte sich köstlich über Raykos gequälten Gesichtsausdruck.

„Ihr Verräter, das klingt ja förmlich nach einer Verschwörung", knurrte Rayko in den Bart. „Also gut, aber wenn schon, dann will ich die Verantwortung wenigstens nicht immer für alles ganz alleine tragen und mich zumindest bei besonders wichtigen und schwierigen Entscheidungen auf ein Gremium berufen können, das einvernehmlich mit mir über die wichtigsten Aufgaben und deren Umsetzung beschließt."

„Also so etwas wie einen Rat der Weisen?"

„Genau, meinetwegen auch ein Siedlungs- oder Gemeinderat, oder ..."

Gandolf unterbrach ihn. „Wie auch immer, Rayko, das ist alleine deine Entscheidung, und darüber kannst du dir in nächster Zeit noch in aller Ruhe Gedanken machen. Wir haben jedenfalls alles Wesentliche für eure Mission besprochen, sodass ich hiermit unsere täglichen Schulungen beenden und mich von euch verabschieden möchte, denn auf mich warten noch andere Aufgaben. Ab sofort wird Rayko euer Führer und Ansprechpartner sein. Bodo und Lilith werden ihn hierbei allerdings tatkräftig unterstützen. Genießt einstweilen noch die verbleibende Zeit bis zu eurer Mission. Wir sehen uns alle irgendwann auf der neuen Erde wieder." Alle Fragen nach dem Zeitpunkt des vorgesehenen Einsatzes wies er kopfschüttelnd ab, verabschiedete sich von jedem Einzelnen und verließ die Gemeinschaft.

Kapitel 15: Signal zum Aufbruch

Nur mühsam gelang es Rayko, sich mit seiner neuen Führungsrolle anzufreunden. Tagelang saß er alleine da, um Pläne zu entwickeln, von denen er die meisten kurz darauf wieder verwarf. Immer mehr wurde ihm bewusst, dass er vieles erst vor Ort würde regeln können und seine Ängste und Sorgen deshalb durch mehr Gottvertrauen würde ersetzen müssen. Dennoch fand er nicht eher Ruhe, bis er ein Beraterteam mit seinen engsten Vertrauten ins Leben gerufen hatte, mit denen er sich regelmäßig traf, um sich über ihren Einsatz auf der Erde auszutauschen, ohne zu wissen, wie realistisch dies tatsächlich sein würde. Die Last der Verantwortung empfand er als sehr bedrückend und suchte daher oft die Ruhe bei einsamen Spaziergängen in der Umgebung. Nur Charly durfte ihn dabei begleiten. Rosa spürte, dass ihn niemand sonst bei seinen inneren Vorbereitungen stören dürfe und versuchte, sein zeitweiliges Fernbleiben bei gemeinsamen Unternehmungen und Feiern innerhalb der Siedlungsgemeinschaft entsprechend zu rechtfertigen. Meistens stieß er aber dann doch irgendwann dazu, weil er wusste, dass man das von ihm erwartete.

Eines Tages kam er kreidebleich von einem Ausflug mit Charly zurück. Seine Hände zitterten heftig.

„Um Himmels Willen, was ist denn mit dir los?", fragte Rosa erschrocken. „Geht es dir nicht gut?"

„Nein ... oder doch, es ist nur die Aufregung?"

„Die Aufregung? Was ist denn passiert? Sag schon!"

„Ich war mit Charly im dunklen Tal unterwegs, als ich ihn gesehen habe, Rosa."

„Wen hast du gesehen?"

„Gandolf."

„Aber der ist doch schon eine ganze Weile nicht mehr hier."

„Ja, und trotzdem."

„Das verstehe ich nicht, Rayko."

„Wie soll ich es dir erklären? Charly lief wie immer ein paar Meter vor mir. Plötzlich blieb er stehen und seine Nackenhaare haben sich gestellt. Er hat auch leise geknurrt, was er nie mehr getan hat, seitdem wir hier auf diesem Planeten sind, wo es doch keine Gefahren für ihn gibt. Ich hab mich überall umgeschaut, konnte aber keinen Grund für seine Reaktion erkennen und bin daher einfach weitergegangen. Und als ich um die nächste Ecke bog, stand er plötzlich vor mir."

„Wer stand vor dir?"

„Wer wohl? Gandolf, aber das sagte ich bereits."

„Und wo kam er so plötzlich her?"

Rayko zuckte mit den Schultern. „Keine Ahnung, er war einfach da."

„Hast du ihn denn nicht gefragt?"

„Ich muss sagen, ich war wie vom Blitz getroffen von seiner Erscheinung. Du kennst ja die Lichtgestalten von Lilith, Bodo und Gandolf mit ihrer strahlenden Aura. Aber Gandolf strahlte dort unten in der Dunkelheit ein derart intensives Funkeln aus, wie ich es bisher noch nie gesehen habe. Ich kann dir gar nicht sagen, was das alles bei mir ausgelöst hat, eine wahre Flut von Gefühlen, von Liebe, von Demut, von Ehrfurcht und ..." Er schwieg für ein paar Sekunden. „Er hat meine innere Anspannung gespürt und mich zu beruhigen versucht. Und dann hat er es mir verkündet."

Rosa starrte ihn kopfschüttelnd an. „Verkündet, was meinst du denn damit? Sprich bitte nicht in Rätseln mit mir."

„Unseren Aufbruch zur Erde, Rosa."

„Ach du liebe Güte, wie und wann denn?"

„Das habe ich ihn natürlich auch gefragt. Er hat mir darauf erwidert, es würde über Nacht geschehen und keiner von uns würde etwas davon mitbekommen. Ich solle aber mit niemand sonst darüber reden, um unkontrollierte Reaktionen oder gar eine Panik zu vermeiden."

Plötzlich fing auch Rosa leicht zu zittern an. „Das haut mich jetzt aber auch um, Rayko. Wie lange Zeit verbleibt uns denn noch hier? Ich meine, auf so etwas muss man sich in aller Ruhe gedanklich einstellen."

Rayko sah sie lange schweigend an. Dann schüttelte er den Kopf, legte den Arm um ihre Schultern und sagte: „Es ist schon spät, lass uns jetzt schlafen gehen."

„Schlafen gehen, sagst du?" Sie schüttelte den Kopf. „Nicht eher, bis du mir gesagt hast, wann es so weit sein wird."

Wieder schwieg er ungewöhnlich lange, bis er sich einen Ruck gab und erwiderte: „Also gut, aber das muss unter uns beiden bleiben. Morgen, Rosa, morgen ist der Tag."

Nachwort

Ich hoffe sehr, dass Sie diese Geschichte als spannend und interessant empfunden haben. Völlig aus der Luft gegriffen ist diese Art von spiritueller Fantasie übrigens nicht, denn ich habe mich dabei von entsprechenden Informationen hierüber ein bisschen inspirieren lassen, und das, was mir dabei interessant und wichtig erschien, mit meinen Worten in diesen Fantasieroman mit einfließen lassen. Ich möchte Sie diesbezüglich insbesondere auf die Bücher der Unicon-Stiftung in Meersburg hinweisen, vor allem auf das Buch mit dem Titel „Aufstieg und Neue Erde", siehe https://www.unicon-stiftung.de/3-0-Buecher-der-Stiftung.html

Was mich beim Lesen dieses Buchs besonders beeindruckt und sehr nachdenklich gestimmt hat, ist, dass der darin prognostizierte „Weltuntergang" mit einem ansonsten wohl kaum umkehrbaren Tiefstand in der geistigen Entwicklung der Menschheit und den daraus resultierenden negativen Folgen für alle Lebewesen und die Umwelt in Verbindung gebracht wird. Jedenfalls habe ich die Botschaften in diesem Buch so verstanden. Der Vollständigkeit halber sei angemerkt, dass hier unter dem Begriff „Weltuntergang" nicht die vollständige Vernichtung unseres Heimatplaneten, sondern dessen Umwandlung und Reinigung von Altlasten zu verstehen ist. Um es mit meinen Worten auszudrücken, hat unser Schöpfer, weil es so wie bisher einfach nicht in die richtige Richtung weitergeht, offenbar beschlossen, in unbestimmter, aber wohl in nicht allzu ferner Zeit die Reset-Taste zu drücken und die Uhren wieder auf Null zu stellen, damit das immer kleiner werdende Häuflein der Aufrechten auf unserem Planeten wieder eine realistische und faire Chance hat, den Weg zu ihm zurückzufinden.

Ich kann dabei nicht verhehlen, dass auch mein Eindruck von der geistigen Entwicklung der Menschheit bedenklich ist. Das Ego hat ein in früheren Jahren durchaus noch spürbar erlebtes Wir-Gefühl immer mehr und immer rücksichtsloser verdrängt. Unseren „materiellen Reichtum" haben wir uns mit einer oft unerträglichen „geistigen Armut" erkauft, und die in unserem Leben wirklich wichtige „immaterielle Weiterentwicklung" ist dabei mehr und mehr auf der Strecke geblieben. Dennoch wollen die Menschen einfach nicht wahrhaben, wie unendlich wichtig das für sie und damit für unser aller Wohlbefinden ist. Sie tanzen auch weiterhin lieber um´s Goldene Kalb.

So schrecklich der Gedanke auch ist, was für jeden von uns mit einem derart verheerenden Weltuntergang zwangsläufig an Kummer, Leid und Schmerzen verbunden wäre, so versöhnlich stimmt mich zumindest, dass damit immerhin ein geistiger Neuanfang ermöglicht werden könnte. Doch würde ich mir weitaus mehr wünschen, dass wir auch so alle wieder auf den Pfad der Tugend zurückfinden. Ein frommer Wunsch, aber wohl ein hoffnungslos naiver. Dennoch fällt es mir sehr schwer, an einen derartigen Weltuntergang zu glauben, auch wenn er mir zumindest nicht unlogisch erscheint. Grund genug, finde ich, sich damit zumindest gedanklich intensiver auseinandersetzen.

Jedenfalls ein sehr spannendes Thema, das mich als Autor bewegt und inspiriert hat, ein entsprechendes Szenario nach meinen Vorstellungen in Form eines fiktiven Romans niederzuschreiben, in der stillen Hoffnung, den Lesern damit auf möglichst unterhaltsame Weise zu vermitteln, was auf unserem Planeten alles aus dem Ruder läuft und welche Gefahren - so oder so - daraus resultieren können.

Anhang

Weitere Bücher des Autors mit spirituellen Themen

Geh den Weg zu Ende

Verlag CreateSpace Independent Publishing Platform

Ein Mann lässt bei einem Spaziergang in trister Novemberatmosphäre sein bisheriges Leben Revue passieren, dem er aufgrund von vielfältigen Problemen und Belastungen nur wenig abgewinnen kann. Dabei wird er von einem Auto erfasst und findet sich plötzlich im Jenseits wieder. Seine phantastischen Erlebnisse in einer völlig anderen Dimension lassen ihn sein Schicksal daraufhin in einem anderen Licht erscheinen.

Jenseits in Eden
Verlag Books on Demand GmbH

Ein Mann hat seinen gut bezahlten Job aufgrund von Alkohol- und Geldproblemen verloren. Zudem steht ihm ein Prozess wegen Korruption bevor, der seine berufliche Zukunft endgültig zu zerstören droht. Die Schuld an dieser tragischen Entwicklung gibt er seiner Frau, die ihn mit anderen Männern betrogen hat. Er beschließt, sich an ihr zu rächen und lauert ihr mit einem Wagen auf, um sie zu überfahren. Doch in letzter Sekunde reißt er das Steuer des Wagens herum, worauf dieser sich überschlägt und eine steile Böschung hinabstürzt. Was danach passiert, lässt sich mit Worten kaum beschreiben.

Nebel auf dem Weg
Verlag Books on Demand GmbH

Der ehemalige Architekt Christian Stein steckt seit Jahren in einer schweren Lebenskrise, ausgelöst durch den Tod seines Sohnes, der ihn völlig aus der Bahn warf und beruflich scheitern ließ. Zudem wurde seine Frau Opfer eines mysteriösen Verkehrsunfalls, an dem er sich mitschuldig fühlt. Auch der Kontakt zu seiner Tochter ist seit längerer Zeit abgebrochen. Verzweifelt sucht er nach einem Ausweg, um seiner Einsamkeit zu entrinnen. Bei einem Abendspaziergang führt ihn sein Weg an einer alten Fachwerkbrücke vorbei, die für ihn in Kindertagen Abenteuerspielplatz für waghalsige Kletterpartien und später heimlicher Treffpunkt mit seiner Jugendliebe war. Wehmütigen Erinnerungen an längst vergangene Zeiten folgend klettert er noch einmal die Brücke hinauf. Dies löst ein außergewöhnliches Erlebnis für ihn aus.

Geisterpost
Verlag Books on Demand GmbH

Eine spannende Geschichte aus den fünfziger Jahren, zur Zeit der wirtschaftlichen Angliederung des Saarlandes an Frankreich.
Eine Frau in den mittleren Jahren kann nach dem Tod ihres Mannes von der kleinen Witwenrente alleine nicht leben. Seine Lebensversicherung, die er zu ihren Gunsten abgeschlossen hatte, wurde ein paar Jahre vor seinem Tod gekündigt, doch das ausgezahlte Geld ist spurlos verschwunden. Sie nimmt daher eine Arbeit in einem Waisenhaus an und schließt dort ein kleines Mädchen in ihr Herz. Doch haben ihre Bemühungen, das Kind bei sich zu Hause aufnehmen, auch Erfolg?
Auf unerklärliche Weise tauchen nach einiger Zeit Briefe ihres verstorbenen Mannes auf, in denen er ihr ein dunkles Geheimnis verrät. Die Briefe sind echt und wurden erst nach seinem Tod verfasst, aber kann der Geist eines Verstorbenen tatsächlich noch Briefe schreiben? Entsprechen seine Angaben auch der Wahrheit und von wem wurde ihr die Post übermittelt? Viele Fragen, auf die sie verzweifelt eine Antwort zu finden versucht.

Planet der Grausamkeiten

Verlag CreateSpace Independent

Ein Mann wird mitten in der Nacht aus dem Schlaf gerissen und von vermummten Gestalten verschleppt. In einer Art Gerichtssaal soll er sich für grauenvolle Massaker an Tieren in einem schier unermesslichen Ausmaß rechtfertigen, mit denen er jedoch nichts das Geringste zu tun hat, so glaubt er jedenfalls. Doch was er in dieser Nacht erfährt, lässt sein Weltbild heftig ins Wanken geraten.

Geschichten vom Tod
und was danach passiert ist

Verlag Books on Demand GmbH

Freund Hein schleicht schon ums Haus, hieß es früher, wenn jemand im Sterben lag. Heute spricht niemand mehr gerne vom Tod, schon gar nicht vom Tod als Freund. Die meisten von uns verdrängen lieber das unausweichliche Schicksal, das uns alle ausnahmslos einmal ereilen wird.

Den Tod umgibt etwas Mysteriöses und Geheimnisvolles. Ob nach dem Tod alles aus ist oder ob es nicht doch ein Jenseits und ein Leben nach dem Tod gibt, darüber gehen die Meinungen weit auseinander.

In zwölf spannenden und berührenden Geschichten versucht der Autor, den Schleier, mit dem sich der Tod umgibt, ein wenig zu lüften.

Josefs Hütte

Verlag Books on Demand GmbH

zum kostenlosen Download auf allen Buchportalen im Internet

Maria Behrmann, Leiterin der Forschungs- und Entwicklungsabteilung eines großen Unternehmens, gerät eines Tages in einem Park mit einem fremden Mann in Streit und ergreift, von seinem Benehmen völlig entnervt, schließlich die Flucht vor ihm. Doch am nächsten Abend steht der Fremde plötzlich vor ihrer Wohnungstür. Eine Begegnung, die ihr bisheriges Leben völlig verändern wird.

Wer gerne noch etwas mehr von mir lesen möchte, dem sei ein Besuch auf meiner Autorenseite bei Amazon empfohlen. Werfen Sie dort doch einfach mal einen Blick in meine Schmökerkiste, um zu erfahren, was ich sonst noch alles geschrieben habe. Zwei spannende Tatsachenromane, einige humorvolle Bücher, ein Kinderbuch, Kurzgeschichten und ein Gedichtband warten dort auf Sie. Lesen sie doch einfach mal rein.

https://www.amazon.de/Raimund-Eich/e/B004EBE93A/ref=sr_ntt_srch_lnk_1?qid=1506858139&sr=8-1